佐藤優

# 友情について

僕と豊島昭彦君の44年

講談社

私は、私と私の環境である。

ホセ・オルテガ・イ・ガセット
『ドン・キホーテをめぐる思索』

# はじめに

この作品を書くきっかけになったのは1通のメールだ。

2018年5月に埼玉県立浦和高校（浦高）の同窓生が集まる機会があった。そのとき1年9組で隣の席に座っていた豊島昭彦《とよしまあきひこ》君と40年ぶりに再会した。豊島君とは波長が合い、とても親しくしていた。当時の豊島君は写真が趣味で、小説家になることを夢見ていた。高校1年の夏、私がソ連・東欧を旅行したときの経験を自著『十五の夏』（幻冬舎）にまとめたが、浦高関係者の中で実名で登場してくる数少ない1人だ。成績も優秀で一橋大学法学部を卒業した後、日本債券信用銀行（日債銀）に就職した。当時、大手銀行はもっとも安定した就職先と見なされていたが、周知のとおり1998（平成10）年に日債銀は経営破綻し、一時国有化された。豊島君は会社の破綻、新しい上司との軋轢《あつれき》や同僚たちのリストラなど人生の荒波にも襲われ、2度、転職している。

40年ぶりの再会から約5ヵ月経った10月15日の深夜、その豊島君からメールが届いた。発信時刻は22時48分だった。

〈5月にお会いしてから大分時間が経ってしまいました。

急に冷え込む日が増えてきましたが、お元気でお過ごしでしょうか？

今日は、このメールの冒頭でとても残念なお知らせをしなければなりません。

と言いますのは、5月に浦和で佐藤君にお会いした後の出来事なのですが、人間ドックの指摘で再検査を受診し、その結果、すい臓にがんがあることが判明しました。

人間ドックでは超音波検査で肝臓の異常を指摘されたのですが、その後、東京逓信病院に検査入院をして詳しく調べてもらった結果、根源はすい臓がんで、肝臓の異常はすい臓がんが転移したものであったことが確認されたものです。

すい臓がんの存在は、人間ドックの超音波検査でも、その後に行ったMRI検査でもわからず、造影剤を入れたCT検査を実施して初めてわかりました……。〉

その後、豊島君は、がんを専門とする国立がん研究センター中央病院で診察を受けた。すい臓を原発とするがんは、肝臓だけでなく、リンパにも転移していた。もはや手術は不可能な「ステージ4」であると診断された。現在は、抗がん剤治療を受けている。

同じメールに豊島君はこう記していた。

〈家族の家系にがんはなく、今も自覚症状は全くありませんので、まさか自分の体ががんに侵されているなんてとても信じられません。

しかもこれから定年を迎え、残りの人生を自分がやりたいことのために費やそうと思っていた矢先でしたので、僕自身とてもショックでした。

がんができた場所がすい臓というとても厄介な場所ですので、今は何の症状もなく元気であるものの、僕はもうあまり長くは生きることができないと覚悟せざるを得ませんでした。

僕の周囲でも、同じくらいの歳やもっと若い人たちでも、すい臓がんのために亡くなった人を何人も見ています。

もちろん、出来る限りの闘いは試みてみるつもりですが、それも時間の問題かもしれません。

考えてみれば、そんな年に高校を卒業して以来初めて、40年ぶりで佐藤君と再会することができたのは、神様がくださった最後のプレゼントだったのかもしれません……。〉

〈最初は悩んだし、なぜ僕が？　とも思ったけれど、悩んだり考えたりしたら元気になれるのであればいくらでも悩むし考えたりもするのだけれど、今更どうしようもないことなので、悩んだり考えたりすることはやめました。

今は、いつまで生きられるかわからないけれど、生きているうちにやりたいこと、出来ることをやろうと、前向きに考えることにしました。

明日や次回はもうないかもしれないと思い、一日一日を一期一会の気持ちで生きているので、そういう意味では充実した毎日を過ごしています……。〉

10月19日と30日に豊島君と会って、突っ込んだ話をした。ステージ４の膵臓がん患者の余命は長くない。中央値は２９１日だ。豊島君の持ち時間には限りがある。豊島君から「佐藤君と話をして、僕の人生を整理したい。それから、浦和高校の後輩たちのためにできることがあれば何かしたい」と相談された。

私は、「僕にできることならば何でもする。ただし、話を聞くだけでなく、君の人生について本にまとめてみないか。家族、職場の同僚や部下、学校の後輩たちに伝えたいことを文字にするとよい」と提案した。

こうして、豊島君との共同作業が始まった——。

## 目次

文中一部敬称略

# I

# 友情《フィリア》

# 1 豊島昭彦君

私は、今年（２０１９年）1月18日で59歳になった。60歳の還暦がすぐそこに迫っている。人生の残り時間が今までよりも気になっている。やりたいことの取捨選択を行わなくてはならない。この作品は、今、私が書き上げなくてはならないという強い危機意識に基づいて書かれている。

本書は、私の親友である豊島昭彦君の半生に焦点をあてている。ただし、本書に書かれた内容は、豊島君の個人史に収まりきらない普遍性がある。

豊島君は私の親友である。ただし、濃密に過ごした時間は、それほど長くない。埼玉県立浦和高校1年生のとき１９７５（昭和50）年4月から76年3月にかけての1年間と、この著作に取りかかった２０１８（平成30）年10月以降のことだ。私たちが共同作業を始めることになった経緯については少し後であらためて説明する。

友情と、共に過ごした時間の間に、直接的関係はない。そのことを私は、高校1年生の夏休みに42日間かけてソ連・東欧を旅行したときの体験について記した『十五の夏』（上下2巻、幻冬舎、２０１８年）を書いたときに再認識した。40年近く、会っていない豊島君の表情、発言が、この作品を書いているうちに、私の記憶に鮮明に甦《よみがえ》ってきた。『十五の夏』から関連箇所を引用しておく。まずは、浦高で私が豊島君と初めて会ったときの印象だ。

〈浦和高校に合格してうれしかった。学校の授業もつまらないわけではない。ただ、みんな口には出さないけれど、大学受験のことばかりを考えている。クラブも応援団と文芸部に入った。生徒会本部にも出入りしている。しかし、中学校時代に通っていた学習塾のような面白さがこの学校にはない。僕が旅行の準備をしているのは、高校の生活が嫌になりはじめているからだ。間違いない。クラスで話していて面白いのは、埼玉大学附属中学からきた豊島昭彦君だけだ。豊島君は写真部と雑誌部に属している。お父さんは、国鉄の助役だ。大学を出ていない叩き上げだという。僕の父と同じだ。豊島君は僕のソ連・東欧旅行を自分のことのように楽しみにしている。豊島君はどういうわけか同級生を呼び捨てにせず、君付けで呼ぶ。浦高生はほとんど学帽をかぶらないのだが、豊島君は中学生のように銀杏《いちょう》のマークがついた帽子をかぶっている。

「佐藤君は、ほかの連中とちがう。革命家になるか、政治家になるか、僕にはよくわからない。小説家になるのかもしれない。僕と違う人生を送ることになるのは間違いないと思う。だから見ていて面白いんだ」

「僕は政治家になりたいなんて思ったことはない。文芸部に入ったけれど、先輩たちのように上手な文章をつづることはできない。豊島はどうして雑誌部に入ったんだ」

雑誌部は「礎《いしずえ》」という雑誌を年1回出している。

「僕は文章が書きたいんだ。ほんとうは新聞部に入りたいと思ったんだけど、あそこは政治意識が先鋭な人たちが多すぎる。率直に言って恐い感じがする」

「恐いくらいの方が面白いじゃないか。それに部長の初見さんは、抜群に頭がいい。ドイツ語も結構できると思う」

「だから、恐いんだよ。僕は臆病なんで、学生運動に巻き込まれたいとは思わない。ただ世の中のことは知りたいんだ」〉（『十五の夏 上』30〜32頁）

ここに出てくる初見さんとは後にルカーチの研究家となる初見基《もとい》氏（日本大学教授）のことだ。

豊島君は、「僕は臆病だ」という言葉をときどき口にした。しかし、私はそれを額面通りには受け止めなかった。豊島君は、小説家か歌人になりたいという野心を持っている。ただし、野心を隠す知恵が備わっていると私は見ていた。私は豊島君がときどき短歌を作っていることを知っていた。また、「いつか小説を書きたい」とつぶやいたことを私は聞き逃さなかった。豊島君は、臆病ではなく、慎重なのだ。慎重だが、自分が設定した目標は必ず達成する意志力の強い人間だと私は思っていた。

## 将来の夢

お互いの将来についても話し合った。

〈「豊島は将来、何になりたいんだ」

「僕はたぶん平凡なサラリーマンになると思う。医者とか弁護士になりたいとは思わない」

「新聞記者は」

「なれればいいと思う。でも臆病だから、そういう派手な職業にはつかないと思うんだ。ただ、佐藤君は何かをしでかすと思う。僕はそれを見てみたいんだ」

僕はちょっと腹を立てて「見世物みたいじゃないか」と言った。〉（前掲書、32頁）

私は2002（平成14）年5月、北方領土交渉絡みの鈴木宗男事件に連座して、当時勤務していた外務省外交史料館で、東京地方検察庁特別捜査部の検察官によって逮捕され、512日間、東京拘置所の独房に勾留された。まさに見世物になったわけだが、豊島君には、私が将来「何かをしでかす」ような予感がしていたのだと思う。

〈豊島君は困った顔をしてこう答えた。

「そうじゃないよ。埼玉大学附属中学にはできのいい子どもたちが集まっている。ほんとうに頭のいい奴は、浦高なんかに来ない。学芸大附属高校や教育大附属高校などの国立高校に行くか、浦和西高か浦和市立高校に行く。浦高にくるのは、まじめで努力家だけど、つまらない奴が多い。僕もその一人だけどね。佐藤君はほかのみんなとは違う。佐藤君こそ将来何になろうと思っているんだ」

「僕は、中学校の英語の先生になりたいと思っている。そして、伊豆の大島か八丈島の学校に赴任したい。埼玉は海がないから、海に囲まれたところで仕事をしたいと思っている」

「それじゃ、学芸大か埼玉大の教育学部に進もうと考えているのか」

「まだ決めていない。ただ、ほんとうのことを言うと早稲田に行きたい。早稲田の露文で勉強したい」

「ロシア文学を勉強するのか」

「ロシアの小説や評論を読んでみたいと思う。それよりも僕は（早稲田大学）高等学院に落ちた。だから、早稲田にはどうしても合格したいんだ」

「佐藤君は国立は狙わないのか」

「国立はきっと浦高の延長みたいな感じだろう。息が詰まりそうだ」

「たしかにこの学校の生活は息が詰まるよ。誰も勉強なんかしていないような顔をしている。しかし、みんな受験で頭がいっぱいで、家に帰ってからも死にものぐるいで机に向かっている。僕だって、写真を撮る以外は、たいていの時間、勉強している。でもほんとうは星新一や筒井康隆のSF小説を読むのが何より楽しいんだ」

「それだったら、勉強なんかしないで、SFを読んでいればいいじゃないか」

「それができないんだよ。どうも勇気がないんだ。成績が落ちるのが恐い」

「僕だって成績が落ちるのは嫌だよ。ただ、やりたいことがある。知りたいことがある。ほんとうは文学よりも哲学を勉強したいんだ。しかし、親がそれを許してくれないと思うから、ロシア文学を勉強して、大学で中学校の先生の免許をとる。あとは本を読みたい」

「佐藤君は中学校の先生にはならないと思う。そういうタイプじゃない。公務員とか教師は、佐藤君の感じじゃないよ。もしかしたら、外国の、それこそソ連かハンガリーの高校に転校してしまうんじゃないだろうか」

僕がソ連・東欧旅行の準備状況について、具体的な話をしているのは豊島君だけだ。豊島君は、羽田空港に見送りに来ると言っている。〉（前掲書、32〜33頁）

私はソ連やハンガリーの高校に転校することはなかった。早稲田大学でロシア文学を勉強することにもならなかった。しかし、外務省でロシア語を研修することになった。中学校の教師になって離島で英語を教えるという夢は叶《かな》わなかった。ただし、外務省に勤務する傍《かたわ》らモスクワ国立大学哲学部で現代プロテスタント神学を、東京大学教養学部後期教養課程で民族・エスニシティー理論について教えた。

職業作家に転じてからも母校の同志社大学神学部で若き神学生たちに組織神学（キリスト教の

理論）を教えている。この大学の生命医科学部では、サイエンスとインテリジェンスの関係について、沖縄県名護市の公立名桜大学では沖縄アイデンティティについて講義をしている。浦和高校でも総合科目を教えている。その他、沖縄県立久米島高校と埼玉県立川口北高校でも特別授業を行っている。中学教師になるという夢は、少しだけ形を変えて実現している。もっとも、外交官や作家が本業になるなど、高校時代は夢にも思っていなかった。

豊島君の場合も、高校時代に考えていた将来像とは、かなり異なった人生を歩むことになる。ただし、理想と現実の乖離《かいり》をできるだけ縮めていくという生き方を貫いている。この点で豊島君と私は価値観を共有している。

## 甦《よみがえ》る記憶

ソ連・東欧旅行から戻った後も、豊島君の対応は、他の浦高生と異なっていた。

〈ハバロフスクで買ったチョコレート、ウエハース、ビスケットを文芸部と応援団に持っていった。文芸部の連中は「包装紙は質素だけど、おいしいじゃないか」と言ったが、応援団の連中は「まずいな。共産圏は嫌だな」と言った。ソ連・東欧旅行について尋ねたのは、クラスでは豊島君だけで、それ以外は文芸部員だった。豊島君が、「みんなほんとうは、佐藤君の経験に強い関心を持っている。しかし、誰も何も聞かないだろう」と言った。

「どうして」

「わからないか。羨ましいとともに悔しいんだよ」

「どうして」

「みんな海外には行きたいと思っている。だけど、そんなことを許してくれる両親はいない。莫大な金がかかる」

「みんなそんな風に考えるのか」

「浦高生とはそんな連中だよ」

「豊島は違う。どうしてか」

「それは僕にとって佐藤君がほんとうの友だちだからだ。僕だって羨ましいと思う。それ以上に、佐藤君がユニークな体験をしたことが嬉しいんだ」〉（前掲書、421〜422頁）

豊島君と比較すると、私は人間心理に関する洞察が不十分だった。人間の心の中にある澱《おり》や襞《ひだ》に気付くことができなかった。豊島君のこの話を聞いてから、自慢話をしていると受け止められないように細心の注意を払うようになった。豊島君から、「僕にとって佐藤君がほんとうの友だちだからだ」と言われたことがとても印象に残った。

そういえば、豊島君は、アサヒペンタックスの一眼レフのカメラをたいせつにしていて、他人に触らせなかったが、私だけには使い方を教えてくれた。それを見ていた他の同級生が「俺にも貸してくれ」と言うので、私がカメラを渡すと、豊島君が、厳しい口調で「僕に戻して」

と言った。その同級生が教室から出て行った後、「勝手にこのカメラを他人に触らせないでね。僕にとってとってもたいせつなものだから」と言われた。

豊島君には、玲子ちゃんという片思いの恋人がいるという話を聞いた。埼玉大学附属中学校時代の友だちということだ。それから、私にもし関心があるならば、浦和第一女子高校の能楽部にいる友だちを紹介するという。そしてその女子高生の写真を私にくれた。興味はあったが、私は臆病なので、紹介を豊島君には頼まなかった。『十五の夏』には書かなかったが、原稿を書き進めるうちに、豊島君に関係する記憶が次々と甦ってきた。

〈2年生、3年生のとき、豊島君とは別のクラスになったので疎遠になってしまった。豊島君は写真部と雑誌部の活動に熱中するようになった。文芸部と雑誌部の部室はすぐそばだったので、ときどき立ち話をすることはあったが、一緒に喫茶店に行ったりラーメン屋に行ったりすることはなかった。雑誌部は真面目に受験勉強をする優等生型の生徒が集まるクラブであったのに対し、文芸部は将来、小説家か文芸批評家になることを夢見て、学校の勉強に背を向ける生徒のたまり場になっていたからだ。

僕は2005年に職業作家としてデビューすることになった。それから10年くらいして写真週刊誌が僕の子ども時代の特集をした。豊島君も取材に応じた。取材を担当した記者が「豊島さんが佐藤さんのことを懐かしがっていた」と言って、携帯電話の番号を教えてくれた。さっそく電話をした。豊島君は現役で一橋大学法学部に入学し、卒業後は日本債券信用銀行に入り、現在はゆうちょ銀行の幹部をつとめている。「佐藤君ほどじゃないが、僕も前に勤めていた銀行が破綻していろいろな経験をした」と言っていた。「いちど飯でも食おう」という約束はしたが、まだ実現していない。豊島君は書くことも地道に続けている。『井伊直弼と黒船物語――幕末・黎明の光芒を歩く』（2009年）、『湖北残照 歴史篇――戦国武将と浅井三姉妹』（2011年）、『湖北残照 文化篇――観音信仰と偉大なる先人たち』（2012年）の3作を出している。

旅行から帰って、確かに僕は変わった。時間の経過とともに浦高での生活がつまらなくなっていった。教師も生徒も大学受験についてはー言も語らない。それは全員が受験のことだけを考え、神経がささくれ立っているからだ。こんな生活をスキップして、早く大学生になって自分のやりたい勉強をしたいと思った。夏休み前は熱中していた生徒会本部や応援団の活動もつまらなくなった。その分、文芸部室で先輩から小説や評論、そして哲学の話を聞くのが面白くなった。そのうち、授業をサボって近所の喫茶店で、文芸部の先輩たちと読書をしたり、議論をするのが常態化していった。徐々に僕の生活スタイルは普通の浦高生とは異なっていった。今になって振りかえると、この軌道のずれが僕が同志社大学神学部に進学する原因になった。〉

（前掲書、422～423頁）

この文章を書いたのは、2017年夏のことだ。それから1年も経たずに豊島君と再会することになり、18年10月からは頻繁に打ち合わせを行い、共同作業をすることになるとは夢にも思っていなかった。

## 2 突然の告知

２０１８年5月9日、浦高の同窓生たちが集まる機会があった。その日は、午後、浦高で授業を行った後、ロイヤルパインズホテル浦和のカフェで読書と講義ノートの整理をしてから、会合に参加した。会合を主催した武正公一前衆議院議員は浦高の1年後輩で、雑誌部員だった。武正氏が気を利かせて、私と豊島君を隣の席にした。2時間の会食で、入れ替わり立ち替わり、さまざまな同窓生と話をしたので、豊島君とゆっくり話すことはできなかった。

「佐藤君ほどじゃないけど、僕もいろいろな体験をした。勤めていた銀行（日本債券信用銀行）が経営破綻し、一生で一度だけ持った株券が紙切れになるとは想像すらしなかった。今はゆうちょ銀行にいるけれど、ここもいろいろあって、近く転職することになるかもしれない」と言っていたことが記憶に残った。その4日後の5月13日の日曜日に、浦高の同学年生が集まる会合があるので参加しないかと何人かの同級生に誘われたが、金沢での講演を引き受けているので断った。帰宅後、豊島君に『十五の夏』を含む拙著を数冊、サインをして送った。

5月14日に豊島君からメールが届いた。


〈佐藤君とは、ずっと以前から会いたいと思っていました。

先日その念願が叶い、卒業以来初めて佐藤君とお会いすることができて、あの日は感激でなかなか夜寝付けませんでした。

とても有名になり偉くなってしまったけれど、高校生の時の佐藤君と全然変わっていなくて、うれしかったし安心しました。

僕の方が、当時と比べてどんどん変わってしまっているかもしれません。

今、『十五の夏』の下巻を読んでいます。

佐藤君と違って僕は本を読むのが遅くて、でもせっかくなのでゆっくりと佐藤君の文章を味わいながら読んでいます。

佐藤君が一人でソ連に行っている間、僕は何をしていたのだろう？　ふと思いました。何も覚えていないということは、平凡な夏休みを過ごしたに違いありません。

その間に佐藤君があんなすばらしい経験をしていたんだということを改めて知って、本当に羨ましく思うし、佐藤君にとって本当によかったなと思っています。

インターネットも携帯電話もない時代に、高校1年生でよくあんな経験ができたなと、心から驚いています。

佐藤君の文章は、一見難しそうに見えて実際は全然そんなことなくて、気取っていなくてわかりやすい文章ですね。

僕の文章は全然下手くそなので、佐藤君の文章を読んで学ぶところがたくさんありました。

『十五の夏』を読み終わったら、『埼玉県立浦和高校』を読んで、その後に送っていただいた

『平成史』と『亡命者の古書店』を読ませていただきます。

どちらも面白そうな本なので、楽しみです。

たくさんの本を送っていただいたのにお礼のメールもできていなくて、また先日お会いした後もすぐにメールができなくて、本当に申し訳ありませんでした。

日々の仕事や生活に余裕がなくて、時間に追われている毎日です。

そのなかで自分の時間を作ろうともがいているのだけど、なかなかやりたいことができないでいます。

昨日、浦高の同窓会があり、80人強の出席者が集まりました。

佐藤君のことを話題にする人もたくさんいて、佐藤君は僕たちの学年の代表というか象徴なんだなとの思いを強くしました。

浦高のために佐藤君がいろいろと力を尽くしてくれようとしていることも、立派なことだと思っています。

僕みたいな平凡なサラリーマンにはできることも限られてしまうけれど、僕も浦高のために何かをしなければいけないと改めて思いました。

佐藤君のお手伝いとかで何かお役に立てるようなことがあれば喜んでやりますので、遠慮なく言ってください。

今日は珍しく少し早く帰ってこられたので、思い切ってメールをしてみました。

先日は人数も多くて、また知らない人もたくさんいて慌ただしかったので、今度は気心が知れた少数のメンバーでゆっくり昔のことなど語り合いたいですね。

佐藤君と名刺交換をしてメールアドレスもわかったことだし、お邪魔でなければまた時間を作ってメールをします。

お互いにこの歳になると健康が一番大切だから、佐藤君も身体に気をつけて益々活躍をしてください。

ずっと佐藤君のことを応援しています。

豊島昭彦〉

この時点で、豊島君は体内で第4ステージのがんが進行していることに気付いていない。私は「近く会おう」と簡単な返信をした。それから1ヵ月して、豊島君のメールがワルシャワから届いた。6月24日のことだった。


〈こんにちは。

突然ですが、いま、ワルシャワのホテルからメールしています。

急に7月1日からの日本公認会計士協会への転職が決まり、ゆうちょ銀行での最後の年休を取って昨日(23日)からポーランドに来ています。

急に転職が決まったので事前の準備が何も出来ていなくて、ポーランドに行く4泊6日のツアーに飛び乗った感じです。

ツアーなのであまり自由はきかないのだけど、佐藤君の『十五の夏』を読んで是非ともポーランドに行きたいと思っていたので、まだツアーの席が空いていると聞いて躊躇《ちゅうちょ》なく参加を決意しました。

もちろん、佐藤君の『十五の夏』の電子書籍版を携帯に入れて持って来ています。

昨日の昼過ぎにワルシャワのショパン空港に着いて、ショパンの像、聖十字架教会、旧市街などを日本語のできる現地ガイドさんについて見て回りました。

コースの中には入っていなかったのだけど、その日のツアー解散後に一人で、エンパイアステートビルのようなあの「文化宮殿」の30階にある展望台にも登ってきました。

佐藤君の作品中にある、「ワルシャワで最も美しい場所」です。〉

ワルシャワの文化宮殿は、スターリン・ゴシックと呼ばれる高層建築だ。社会主義時代のポーランドでは、「ワルシャワで最も美しいのは、文化宮殿から見た景色だ。あのグロテスクな文化宮殿が見えないからだ」というアネクドート（小話）があった。豊島君にはその話が印象に残ったようだ。

〈今はそこまでのことはないかもしれないけれど、当時は旧ソ連に対するポーランド人の嫌悪感がかなり強かったのでしょうね。その感情を見事に表現した逸話でした！

ビルの上から眺めると、たしかに「文化宮殿」は見えないし、ポーランドが広くて平らな大地の国であることがよくわかりました。

ちなみに、当時は低い建物の中であの「文化宮殿」だけがポツンと建っていて今以上に目立つ存在だったのだろうけど、今では別の意味で変わった形の近代的な高層ビルが裏側に何本か建っていて、当時とは少しだけ趣が違って見えるかもしれません。

ショパンの心臓が埋葬されている聖十字架教会の近くには今でももちろんコペルニクスの像があって、あぁ今から40年以上も前に佐藤君はここに立っていたんだなぁと思って、とても感動しました。

旧市街は、佐藤君の本ではまだ瓦礫《がれき》の山が残っていて、それを一つずつ拾い出して街の復元が行われているところだったと思うけど、今ではもうすっかり整備が終わって、大勢の観光客で賑わっていました。

そんな平和な光景を見ていると、私のような他所者《よそもの》には、あの恐ろしい戦争なんてなかったかのように錯覚してしまいますが、ポーランド人はけっしてあの時のことを忘れはしないだろうと思いました。

佐藤君の作品を読んでいたおかげで、ワルシャワに来てとてもいい勉強をしています。

本で読んだだけでは、あの「文化宮殿」の威圧的な風景までは想像できなかったけれど、最初にバスで通ってあの建物を見た瞬間に、これが佐藤君が書いていた「文化宮殿」のことだとすぐにわかりました。

佐藤君の作品を読んでこなかったら、単なる表層的な観光旅行で終わっていただろうけど、佐藤君の作品を読んできたおかげで、ポーランドのもつ暗い影の歴史にも触れることができて、まだ1日目ですが、とてもいい旅行を経験しています。

それに何よりも、四十数年前にまだインターネットも何もない時代に佐藤君がたった一人でやってきた同じ場所に今僕がやっと立てたということに、とても感動しています。

改めて佐藤君の偉大さを噛み締めているところです。

ワルシャワは昨日の半日観光のみで、今日からはバスでクラクフ（佐藤君の作品ではクラコフという名前で登場する町だと思います）に行きます。

途中、小さなきれいな田舎町をいくつか見ながら、クラクフに着く予定です。アウシュビッツ収容所にも行く予定になっています。

このワルシャワの地から、佐藤君に一言お礼が言いたくて、思わずメールをしてしまいました。

転職の経緯などについては、また帰国後にでもご報告します。

今日は日曜日ですが、佐藤君のことだから忙しいのでしょうね。

とにかく健康には十分留意して、この鬱陶《うっとう》しい季節を乗り切ってください。

ワルシャワのホテルより　　豊島昭彦〉

私は、このメールに対して返事を書かなかった。転職には複雑な経緯があり、気分を転換するためにポーランドに出かけたと推定されたからだ。直接会って、事情を詳しく聞いてみようと思った。転職後は、慌ただしくしているだろうから、しばらくしたところで豊島君に電話をしてみようと思ったが、日々の仕事に追われ、先送りしてしまった。

## 「なぜ僕が？」

約4ヵ月経った10月15日の深夜、豊島君からメールが届いた。発信時刻は22時48分だった。

〈5月にお会いしてから大分時間が経ってしまいました。

急に冷え込む日が増えてきましたが、お元気でお過ごしでしょうか？

今日は、このメールの冒頭でとても残念なお知らせをしなければなりません。

と言いますのは、5月に浦和で佐藤君にお会いした後の出来事なのですが、人間ドックの指摘で再検査を受診し、その結果、すい臓にがんがあることが判明しました。

人間ドックでは超音波検査で肝臓の異常を指摘されたのですが、その後、東京逓信病院に検査入院をして詳しく調べてもらった結果、根源はすい臓がんで、肝臓の異常はすい臓がんが転移したものであったことが確認されたものです。

すい臓がんの存在は、人間ドックの超音波検査でも、その後に行ったMRI検査でもわからず、造影剤を入れたCT検査を実施して初めてわかりました。

その診断結果を受けて、8月15日に築地にあります国立がんセンターで診察を受け、8月21日から抗がん剤の投与を開始しています。

家族の家系にがんはなく、今も自覚症状は全くありませんので、まさか自分の体ががんに侵されているなんてとても信じられません。

しかもこれから定年を迎え、残りの人生を自分がやりたいことのために費やそうと思っていた矢先でしたので、僕自身とてもショックでした。

がんができた場所がすい臓というとても厄介な場所ですので、今は何の症状もなく元気であるものの、僕はもうあまり長くは生きることができないと覚悟せざるを得ませんでした。

僕の周囲でも、同じくらいの歳やもっと若い人たちでも、すい臓がんのために亡くなった人を何人も見ています。

もちろん、出来る限りの闘いは試みてみるつもりですが、それも時間の問題かもしれません。

考えてみれば、そんな年に高校を卒業して以来初めて、40年ぶりで佐藤君と再会することができたのは、神様がくださった最後のプレゼントだったのかもしれません。

また、佐藤君の作品の中に実名で僕のことを書いてもらったのも今年のことです。僕がこの世に存在した証《あかし》が後の世にまで残されることになったので、とても喜んでいたところでした。

実は、5月に佐藤君と会った前後に転職の話が持ち上がり、6月末付で6年半勤めたゆうちょ銀行を退職し、7月1日から市ヶ谷にある日本公認会計士協会に勤務しています。

ゆうちょ銀行は民営化後も官僚体質を引きずっています。システム部門だけは中途採用者が多くて、部長などの幹部職にもそういった中途採用者が就いていたのだけど、新たに執行役となった旧郵政省キャリア組の人が猛烈な巻き返しを図っていて、元部下を僕の直属の上司に据えるなどして露骨に嫌がらせを受けました。

そんな時に、元あおぞら銀行の上司だった方から、日本公認会計士協会に来ないかとのお誘いを受けて、熟考した結果、そちらにお世話になることにしたものです。

僕を誘ってくださった元あおぞら銀行の上司は、今は日本公認会計士協会で専務理事をされている方です。

心機一転、新しい職場に移って決意も新たに仕事に打ち込もうとしていた矢先に今回の病気が判明したので、タイミングとしては最悪でした。

最初は悩んだし、なぜ僕が？　とも思ったけれど、悩んだり考えたりしたら元気になれるのであればいくらでも悩むし考えたりもするのだけれど、今更どうしようもないことなので、悩んだり考えたりすることはやめました。

今は、いつまで生きられるかわからないけれど、生きているうちにやりたいこと、出来ることをやろうと、前向きに考えることにしました。

明日や次回はもうないかもしれないと思い、一日一日を一期一会の気持ちで生きているので、そういう意味では充実した毎日を過ごしています。

まだ病気のことがわからなかった6月に、ゆうちょ銀行の年休が60日丸々残っていたので、そのうちのごく一部を使ってツアー旅行に参加してポーランドに行ってきました。

突然、佐藤君にワルシャワのホテルからメールを送ったので、さぞかし驚かれたことと思います。

佐藤君が40年以上前に訪れたワルシャワの街を僕も訪れて、佐藤君がいたのと同じ場所に立っていることにとても感動するとともに、『十五の夏』の佐藤君の記述がとても正確でわかりやすくて、実際にワルシャワの街を訪れてみてそのことが手に取るようによくわかったので、うれしくなってメールをしてしまいました。ポーランドに行きたいと思ったのも、急に決めた海外旅行で選択の余地があまりなかったこともあるけれど、『十五の夏』を読んでポーランドに強い興味を持っていたことが一番の決め手になりました。

今と違ってインターネットも携帯電話もなかった時代に、高校1年生の佐藤君がよく一人であんなところに行って無事に帰って来られたものだと、つくづく感心しました。

それにしても今でもポーランド人は、けっして悪い人ではないのだけれど、あまり愛想がなくて不機嫌なのかとこちらが不安に思ってしまうような国民性のままでした。

添付しましたファイルは、私が作った小説です。

今まで本を3冊、ほとんど自費出版のような形で出していますが、3冊ともいわゆる紀行エッセイという分野に属する本で、高校生の時に書きたいと思っていた小説は、実は今まで一つも書いてきませんでした。

大好きな歴史を題材にして初めて書いてみたのが、『夢のまた夢——小説 豊国廟考』と題したこの小説です。

技術的にはとても拙《つたな》いもので、世に出すような価値があるものではないけれど、僕にはもうあまり残された時間がないかもしれないので、これ以上の改修や新たな作品を創ることは難しいかもしれないと思い、今あるままの原稿でお送りします。

大作家で多忙な毎日を過ごしている佐藤君に対して、こんな小説をお送りするのは甚だ恥ずかしい限りなのだけど、気が向いたら読んでもらえればうれしいです。

小説家になりたいと思っていた高校生の時の夢がこんな程度にしか実現できていないことが何とも口惜《くや》しいのだけど、敢えて言い訳を言わせてもらえれば、これまで僕は80歳くらいまでは生き（られ）るつもりでいて、60歳で定年を迎えてから創作活動に注力していけば、この『豊国廟考』をスタート地点として、多少はまともな作品を創り上げるまでに成長していけるのではないか、と漠然とだけど思っていました。

まさか60歳まで生きられるかどうかわからない運命にあったとは、迂闊《うかつ》にもまったく考えてはいませんでした。

今となっては時間がもうないので、恥ずかしいけれど、この小説を佐藤君に読んでもらうのが精一杯の僕ができることです。

申し訳ありませんが、そういう小説だと思って読んでもらえればと思います。

読んでいただいて、多少でも他の人にも読んでもらえそうな代物だったら、本を出してもらえそうな出版社を紹介してもらえたら、なおうれしいです。

今回の病気のことは、僕にとって全くの青天の霹靂《へきれき》でした。

毎年欠かさずに人間ドックも受診していたし、人間ドックで再検査になればそれもきちんと受診していたので、今回の件について僕自身の落ち度はなかったと思っています。

気をつければ何とかなったというレベルのものではなかったので、これはもう運命として諦めなければならないと、ある意味自分自身で納得もしました。

せっかく40年ぶりで佐藤君と再会できたのに、これまでは自分のため、家族のため、会社のための人生だったけど、これからは社会のために何らかの貢献ができるようなことをやりたいと思っていた矢先だったのに、こんなことになってしまってとても残念です。

今のところ、がんによる自覚症状などの影響は何もなくて、ただ抗がん剤を投与しているので副作用がボディブローのように僕の身体を蝕《むしば》んでいくのを感じている状態です。肝臓やリンパ節などの他の臓器に転移しているいわゆる末期がんのため、切除手術や放射線療法などの手法は使用できないそうです。なので、根治療法はなく、抗がん剤による延命療法のみが残された唯一の治療法なのだそうです。それでも、僕は一日でも長く生きるために、出来ることはしていくし、最後まで負けないようにがんと闘っていくつもりです。

生きているうちにやらなければならないこと、生きているうちにやりたいことを、優先順位をつけながらやっていこうと思っています。

浦高の同級生のみんなとまた会えたらうれしいです。僕たちの代が（60歳を迎えて）幹事になる同窓会まで生きていることを最低目標として、頑張っていきますね。

佐藤君も、健康には注意をし過ぎということはないので、どうかくれぐれも大切な体をご自愛ください。

豊島昭彦〉

このメールからは、がんの確定診断があったのがいつかはわからないが、7月に日本公認会計士協会に転職した後のことだろう。豊島君の慎重な性格からすると、私にメールを送るまでに、さまざまなことを考えたはずだ。まず、豊島君と会って何を考えているかについて聞かなくてはならない。メールを読み終えるとすぐに私は豊島君に電話した。そして、10月19日(金)の昼休みに、ANAインターコンチネンタルホテル東京3階にある中国料理「花梨」の個室で会うことにした。

## 「君の体験という財産を、後の人たちのために遺《のこ》すんだ」

レストランの個室には、私の方が少し早く着いた。豊島君は、約束した12時10分に部屋に入ってきた。

「市ヶ谷の公認会計士協会からここまで、思ったよりも時間がかかった」と豊島君は言った。声もしっかりしているし、顔色も悪くない。

「体調はどうだ」と私は尋ねた。

「自覚症状は何もない。抗がん剤の投与を受けているが、僕の場合、とくにつらいことはない。薬が合っているんだと思う」と豊島君は答えた。

「診断が確定したのはいつだ」

「7月30日だ」

「奥さんは知っているのか」

「もちろん知っている」

「子どもさんたちには話したのか」

「娘にも息子にも話した」

「がんセンター（国立がん研究センター中央病院）は、抗がん剤治療では定評がある。知り合いの複数の医師に聞いたんだけれども、抗がん剤の投与に関し、がんセンターの医師たちは経験が豊富で、投入量を適切に調整するので患者の負担が少ないということだ」

「確かに腕はいい。ただし、いつか抗がん剤が効かなくなる。そうするとがんが急に増殖する。がんセンターのホームページによると、すい臓がんの確定診断が出てからの生存日数の中央値は291日、1年生存率は40パーセントだ」と豊島君は言った。


「わかった。それで豊島は、何がしたい」と私はあえてビジネスライクな口調で尋ねた。確定診断から、豊島君が私に連絡を取るまで、2ヵ月半の時間があった。その間に豊島君は、人生の残り時間をどう使うかについて真剣に考え、その上で私に連絡をとってきたはずだ。それだから、私はまず、豊島君の今後のシナリオについて知りたいと思った。

豊島君は、しばらく沈黙した。その後、「自分がこの世に生きた証を遺したい」と言った。

「そうか、わかった。じゃあ、一緒に本を作ろう。豊島君の人生を振り返る本だ」

「本と言っても、僕はたいした人生を送っていない。大学を卒業して一般企業に入社し、結婚して子どもが２人できて、２度の転職をしたけれどごく普通のサラリーマン生活を送ってきたに過ぎない。人様に誇れるようなことは何一つしてきていないし、そんな私の人生を本にしたって誰も興味を持って読んでくれる人などいないだろう」

「そんなことはない。豊島君が生きた時代、それは僕も生きた同じ時代だけれど、この時代は高度経済成長のバブルがはじけて日本経済が衝撃的な打撃を受けた時代だった。豊島君だって当時最も安定した業種とされていた銀行に就職したのにその銀行が潰れて、その後に外資系のファンド会社に買収されて苦労しただろう。そういうことを書けばいいんだよ。あの激動の時代を記録に遺し、君が窮地に陥ったときの苦労や困難をいかに乗り越えてきたかを語っておくことには、きっと大きな意味があるはずだ」

「でもそれは、あの時代に特有だった特殊な事例であって、今の時代には通用しないのではないのかな」

「そんなことはない。歴史は繰り返す。もっとも、まったく同じ形で反復することはないけれど、よく似たことが少しだけ形を変えて起こる。豊島君の体験した出来事から普遍的な事柄を抽出して書けばいいと思う。豊島君が体験を経て受けた財産を、後の人たちのために遺すんだ。これが本の公的な意義だ。それと同時にこの本は、私的にも重要だ」

「どういうことだ」

「豊島君がどんな道を歩んで生きてきたかということを、君のお子さんたちは知らないだろう」

「そういう話はしていないので、知らないと思う」

「ましてや、これから生まれてくる君の孫たちは、自分のおじいさんがどんな人だったかを知る術《すべ》もない。君の子孫のためにも、この本は必要なんだ。それに、この本を読んで、自分の人生の記録を子どもたちに遺しておくことの大切さを理解してくれる人が増えてくれれば、それもとてもいいことだと思う」

「わかった。やってみたい」

後に豊島君は、このときに〈私にとってはとてもハードルの高い課題だと思った。でも、こうして佐藤君に励まされて、じゃあやってみようかな、という気持ちになった。元々、世の中の平均寿命くらいまでは長く生きられるのではないかと漠然と思っていて、その間には自伝のようなものも書いてみたいと思っていたので、その時期が早まったと思えばいい〉と私に語った。

「この本を作るにあたっては、どの編集者と組むかが死活的に重要になる。僕たちと共通体験を持っている編集者がいい。また、豊島君の持ち時間を考えた場合、作業を急ぐ必要がある。講談社現代新書の青木肇編集長は、浦高の10年後輩なので、頼んでみようと思う」

「『埼玉県立浦和高校』（講談社現代新書）を担当した編集者か」

「そうだ」

「あの本は良く出来ている。とても気に入った。青木さんに担当してもらえると嬉しい」

「頼んでみる。それから、『夢のまた夢——小説　豊国廟考』については、できるだけ早く上梓《じょうし》した方がいいと思う。『月刊日本』というオピニオン誌を出しているK＆Kプレスならば小回りがきく。年内の刊行も可能と思う」

「そんなに早くできるのか」

「豊島君の持ち時間が限られているので、事情を話せば緊急出版の態勢をとってもらえると思う」

## 闘病で気をつけるべき2つのこと

本の作り方について、豊島君に2つのことを依頼した。第1は、半生を振り返った手記を作成することだ。第2は、集中的にロング・インタビューを行うことだ。手記を仕上げてもらってから、それを私がよく読み込んで、インタビューを行うというのが通常の手順であるが、その間に豊島君の容態が激変し、十分なインタビューができなくなる可能性がある。それだから、変則的だが、手記の作成とインタビューを並行して行うことにした。

その日は、午後2時から公認会計士協会で会議があるために、豊島君は1時40分頃に部屋を出た。別れ際に私は豊島君に「これから気をつけないといけないことが2つある」と言った。

「佐藤君、何でも率直に言ってくれ」

「第1は、自由診療の代替療法だ。がん患者の心理的弱点に付け込んで、さまざまな代替療法、免疫療法や健康食品を勧めてくる人がいる。医者でも患者の弱みに付け込んで金儲けをしようとする人がいる。がん研以外の医師からセカンドオピニオンをとることは必要な場合もあるが、自由診療で代替療法を勧める医者には注意した方がいい」

「わかった。治療については、がんセンターでの標準治療を基本に据えることを考えている」

後になって知るのだが、すい臓がんの確定診断が言い渡された後、豊島君も一時、自由診療を掲げる病院に電話して予約を入れようとしたことがあるそうだ。しかし、親しくする医師に相談したところ、「まず基本的な治療を行う態勢を確立することだ」と助言されて、自由診療という選択肢は捨てたということだった。危機的状況においても、冷静さを失わない豊島君らしい。

「第2は宗教だ」

「宗教？」

「そうだ。がん患者の不安定な心理に付け込んで、自分の宗教に引きずり込もうとする人が出てくる。こういうアプローチは宗教の誤使用だ。新興宗教だけでなく、キリスト教や既成の仏教を含め、宗教には気をつけた方がいい。僕は神学部出身の宗教専門家でもあるので、その危険性についてよく知っている。宗教については十分注意してくれ」

「わかった。その点も大丈夫だと思う。僕も佐藤君にメールをするまでの2ヵ月半の間にいろいろ考えた。その結果、悩んでも仕方がないという結論に至った。悩んで出口が見つかるならば、それでもいい。しかし、抗がん剤による延命治療、それも効かなくなったら緩和療法しかないという結論は変わらない。だから、こうやって元気に活動できる一日一日をたいせつにしていきたい。こうして時々、会ってもらえるとうれしい」

「もちろんだ。それから、何かあっても、何もなくても、気が向いたら電話してくれ。僕は午前1時過ぎまで机に向かっているし、朝は5時に起きている」

「わかった。何かあったら電話する」

豊島君が去った後、私は、自分の手帳を見て、豊島君との共同作業に取り組むことができるように態勢を整えた。２０１９年2月までの日程や出版計画を大幅に組み替えるために、編集者に電話をした。事情を話すと、どの編集者も好意的に対応してくれ、豊島君との共同作業のための時間を確保することができた。

豊島君は7月30日に第4ステージのすい臓がんとの確定診断がなされた。それから２９１日が余命の中央値とすると、時間は10ヵ月弱、つまり２０１９年5月下旬ということになる。もちろん病状の進行には個人差がある。公益財団法人 がん研究振興財団「がんの統計'17」の全国がんセンター協議会加盟施設における5年生存率（２００７～２００９年診断例）によると、５年実測生存率、相対生存率は、共に１・２パーセントだ。

豊島君が１・２パーセントに入る可能性だってある。浦和高校の入学偏差値は74だ。母集団が正規分布しているならば、上位０・８パーセントになる。豊島君は浦高に入学できたのだから、すい臓がんでも5年後に生き残る１・２パーセントの方に入ってもおかしくないという発想が頭をよぎった。同時に、危機的状況では、人間は楽観論に走るということを思い出した。

鈴木宗男事件のときの記憶が甦ってきた。２００２（平成14）年1月中旬に疑惑が浮上して、5月14日に逮捕されるまでの間、外務省内の冷たい目にさらされ、メディアスクラムの嵐に巻き込まれた。インテリジェンス（情報）分析の専門家としては、検察庁が鈴木宗男氏を逮捕するための道具と私を位置づけているのが明白なので、逮捕は不可避だった。そう冷静に考える自分のどこかで、「法に触れるようなことは何もしていないのだから、大丈夫だ。半年もすれば、この嵐も止《や》み、普通に仕事ができるようになる」という楽観論に傾く自分がいた。

私の場合と事例は異なるが、豊島君も事態を冷静に受け止めているが、内心では楽観論に傾くところもあるだろう。それがわかるので、やりきれない思いになる。こういうときには打ち込むことができる作業が必要だ。生きていることを実感するために、この本作りはとても重要になる。撤退戦という状況を迎えたとき、人は「守らなければならないものは何か」を考える。誤解を恐れずに言えば、人生の撤退戦を迎えている豊島君は自分の人生で本当に守らなくてはならないもの、命に代えてでも遺しておくべきものを真剣に考え続けているはずだ。

それと同時に、友情とは何なのかということも豊島君は真剣に考えている。過去に豊島君は、多くの友人、同僚、知り合いがいたはずだ。しかし、人生の残り時間が少ないことが明白になった時点で、家族以外では、もっとも長い時間を共有する相手に私を選んだ。そのことの意味を考えなくてはならない。

キリスト教神学では、時間を2つに分けて考える。古典ギリシア語で、クロノスという時間とカイロスという時間だ。2つの時間は質的に異なる。クロノスは、流れていく時間だ。クロノロジーに年表、時系列表という意味があるように、日常的に私たちが意識している時間はクロノスである。英語では、time になる。

これに対して、カイロスとは、英語ではtimingだ。ある出来事が起きる前と後では、事柄の質が変わるような時間のことだ。例えば、1945(昭和20)年8月15日の終戦記念日、2001(平成13)年9月11日の米国同時多発テロ事件や2011(平成23)年3月11日の東日本大震災はカイロスだ。個人にもカイロスがある。まず、誕生日がカイロスだ。結婚記念日もカイロスだ。初めて失恋した日もカイロスにあたる。キリスト教では、イエス・キリストの出現を決定的なカイロスと考える。神が人となったことによって、罪にまみれた人間の救済が可能になったのだ。神学を勉強して有益だったのは、カイロスに敏感になったことだ。

1975年4月に浦高の1年9組で豊島君と私が出会ったこともカイロスだったのだ。だから、40年も会わずにいたのに私は豊島君のことを『十五の夏』に書いた。また、モスクワでクーデター未遂事件に遭遇したとき、イスラエルに出張して情報機関の幹部と意見交換をしてホテルでパソコンに向かって公電(外務省の公務で用いる電報)で報告書を作成しているときにも、「今、豊島君は何をしているのだろうか」と思ったことがある。このような感情は相互的なので、豊島君も私について考えたことがあると思う。

カイロスを共有する者は、どれだけ時間が経過しても、すぐに濃密な関係を持っていたときと同じ状況に還ることができる。ギリシア語で、愛を表現するのに3つの言葉がある。第1はエロースだ。これは自分に欠けているものに対する憧れを指す。男女間の愛情、芸術に対する情熱、出世欲もエロースに含まれる。第2はアガペーだ。神から人間に一方的に与えられる見返りを求めない愛だ。聖書で語られる神の愛、イエス・キリストの愛はいずれもアガペーだ。

これに対して、エロースでもアガペーでもない第3の愛がある。それがフィリアで、友情を意味する。友情は、同性間でも異性間でも成り立つ。哲学をギリシア語でフィロソフィアと言うが、知（ソフィア）に対する愛（フィリア）のことだ。豊島君と作品を書くことを通じて、私は1人のプロテスタント神学者として、フィリア（友情＝愛）のリアリティーを追求しているのである。

作品の方向性も定まった。この作品は3部によって構成される。

第1部（次章から始まるⅡ）は、豊島君の誕生から大学を卒業するまでだ。そこでは、高校1年生のときに豊島君と私の間で、目には見えないが、確立されたフィリアについても記す。

第2部（Ⅲ）は、日本債券信用銀行（日債銀）、あおぞら銀行での豊島君の経験だ。日債銀の経営破綻、あおぞら銀行に乗り込んできた外国人上司との軋轢と文化摩擦、リストラや出世、転職の迷いなどがテーマになる。いずれも豊島君の個人的出来事であるとともに、読者の誰もが遭遇する可能性のある普遍的出来事である。

第3部（Ⅳ、あとがき、付記）は、ゆうちょ銀行に転職してから闘病までだ。さらには豊島君が最後に子どもたちに伝えるメッセージについても記したい。私たち世代の男の大多数は、仕事に追われ、子どもと共に過ごす時間は限られている。また、気恥ずかしさもあり、自分の体験や考えていることを、ていねいに子どもに伝えることは、現役で仕事をしている時期にはなかなかできないものだ。私も父から生い立ちや、考えを体系的に聞く機会は、子ども時代を除けば、私が外務省に入省し、実家から外務研修所に通っていた数ヵ月と、晩年、父ががんで入院し、見舞いに行ったとき以外にはなかった。豊島君も子どもに、さらに孫に伝えたいことがあるはずだ。このことも個人的であるとともに普遍的性格を帯びている。1960年前後に生まれた私たちの世代が、どういう生き方をし、何を考え続けてきたのかということを豊島昭彦という個性を記述することを通じて、後世に伝えたい。

それでは、豊島君の生い立ちについて、折々で私の人生を交錯させながら語っていくことにしよう。

# Ⅱ

# 礎《いしずえ》の時代

## 3 少年時代

豊島昭彦君は、1959（昭和34）年8月8日に、父・豊島昭二（当時29歳）、母・豊島里枝（当時28歳）の第一子として、東京都渋谷区代々木2丁目にある中央鉄道病院（現JR東京総合病院）で生まれた。

私は1960年1月18日の早生まれなので、豊島君と同学年であるが、5ヵ月若い。生まれたのは、渋谷の日赤病院本部産院だ。豊島君と比較的近い場所で生まれたことになる。私の父・佐藤勉は1925（大正14）年2月24日生まれで、私が生まれたときは35歳、母の佐藤（旧姓・上江洲）安枝は1930（昭和5）年10月8日生まれだ。豊島君のお父さんと私の父は5歳違いだが、この年齢差は戦争体験の差になって現れる。私の父は、1945年3月10日の東京大空襲に遭遇した後、召集され、中国で陸軍航空隊の通信兵として従軍した。豊島君のお父さんは、終戦時、中学生だったと思う。

豊島君のお母さんと私の母は、1歳しか離れていないが、戦争体験がかなり異なる。それは、私の母親が沖縄人で、沖縄戦に陸軍第六十二師団（通称「石」部隊）の軍属として従軍し、九死に一生を得たからだ。豊島君の御両親が、戦後的価値観を身につけているのに対して、私の両親は戦中体験を一生引きずっていた。その違いが、子どもの教育に微妙な差異をもたらしたように思える。

　豊島君のお父さんは、国鉄職員で、私が豊島君と浦高で出会ったときは秋葉原駅の助役をつとめていた。国鉄の列車課で電車や列車のダイヤグラムを描く仕事をしていたこともあるという。お母さんは専業主婦で、少し内職もしていたということだが、華道の小原流師範の免状を持っていて、家で弟子に教えたり、週に1回、飯田橋にあった甲斐物産という会社に出張で生け花を教えに行ったりしていたということだ。

　豊島君のお父さんの実家は東京都葛飾区上平井（現西新小岩）の荒川の堤防下のゼロメートル地帯にあり、古い木造2階建ての建物で、家の前を小さなどぶ川が流れていて、いつも悪臭を放っていたという。10人兄弟の次男として生まれた。家が貧しかったために大学に通うこともできず、高校を卒業して国鉄に就職をした。普段は優しいお父さんであったが、行儀には厳しくて、豊島君もたまに叩かれたり押し入れに入れられたりしたこともあったそうだ。

　私の父親は、東京都江戸川区逆井（現在の平井）の荒川沿いにあった長屋で生まれた。祖父は福島県出身の鋳物職人だったが、私が物心ついた頃には、隠居生活をしていた。父が住んでいた長屋は東京大空襲で焼けてしまった。私が小学生の頃、父が地図を頼りに私をその長屋のあたりに連れて行ったことがある。戸建ての家が並んで建っていて、長屋の場所を特定することはできなかった。帰り道で、駄菓子屋によって、父は量り売りのすだれ羊羹を買った。「子どもの頃、お父さんはこのお菓子がいちばん好きだった」と言って、私にも1つ勧めてくれた。

両面にぎざぎざがついて、全体が砂糖でコーティングされている。羊羹なのにべたつかない。食べてみたが、あまりおいしくなかった。「僕はチョコレートの方がいい」と言うと、父は板チョコを1枚買ってくれた。

豊島君のお父さんと私の父は似たような環境で育ったようだ。父は夏に荒川でよく泳いだという。豊島君のお父さんも同じ川で泳いだかもしれない。

「父と母が亡くなってさいたま市西区指扇《さしおうぎ》の実家を取り壊して売却するときに、2人の結婚式の写真が出てきて驚いた。父は、今で言うとイケメンで、息子の私が言うのもおかしいけれどとてもカッコいい男性だった。母もなかなかの美人で、まさに美男美女のカップルだったのだ。晩年の2人の姿からは想像できないことだった」と豊島君は言う。豊島君もハンサムなので、両親が美男美女であるということは不思議ではない。

1961（昭和36）年12月21日に、妹の万里子さんが生まれた。豊島君よりは2歳年下になる。私にも2歳年下、1962年6月10日生まれの妹がいる。豊島君と私の家族構成はよく似ている。

妹が生まれたとき、豊島君はお父さんの実家に預けられていた。両親がいないのでよく泣いたということだ。すると豊島君のお祖父《じい》さんが、「外に出して犬に食わせてしまうぞ！」と言って諫《いさ》めたそうだ。犬を恐がるようになったのは、このときの原体験によるものだと豊島君は言っている。確かに私たちが小学校低学年の頃までは、犬を放し飼いにしている人が多かった。

私は、家からソーセージや肉を持ち出して、よく犬に与えていた。母は「狂犬病にかかっているかもしれないから、犬には気をつけて」と心配していたが、父は「いいじゃないか。犬は餌をくれる人には懐《なつ》くよ。狂犬はめったにいないし、見ればすぐにわかる」と言って、犬への餌やりを大目に見てくれた。後にわが家では猫を飼うようになるが、父はほんとうは犬を飼いたかったようだ。私の妹が生まれたとき、私は父方の祖母の家に預けられた。祖母の胸に頭突きをして、肋骨にひびを入れたということだった。そういう事件があったので、それ以後は、両親は私を祖父母に預けることはせずに、必要に応じてベビーシッターを雇うようになったそうだ。

豊島君は、京浜東北線北浦和駅西口から徒歩10分ほどのところにある国鉄の官舎に住んでいた頃からの記憶は鮮明に残っているという。当時の京浜東北線は、国鉄63系電車と呼ばれる1944〜51年の戦中・戦後の物資不足の時代に作られたこげ茶色の電車だった。私は大宮駅をよく利用したが、廃材で造られたみすぼらしい駅舎だった。豊島君が小学校2年生まで住んでいた国鉄官舎も質素な造りだったという。豊島君の記憶によると、玄関と台所、それに6畳か8畳の部屋が2部屋程度の粗末な建物だったという。官舎には風呂がなく、近所にある若松湯という銭湯に通ったことを覚えているという。

私は、日本住宅公団のテラスハウスに住んでいた。1階には、6畳相当の洋間のダイニングキッチン、水洗便所と風呂、2階には6畳間と3畳間があった。都市ガスも引かれていた。現在の基準から考えると極端に狭い住宅だが、当時、鉄筋住宅はめずらしかった。また、水洗便所も普及していなかった。小学校低学年時代、風呂のない家に住んでいる同級生も少なからずいた。同級生たちが銭湯に通うのが私は羨ましくて仕方なかった。ときどき父にねだって、銭湯に連れて行ってもらった。湯船の湯がひどく熱かったことを覚えている。湯上がり後、父が脱衣所の冷蔵庫からコーヒー牛乳かフルーツ牛乳を取り出して、私に飲ませてくれることも楽しみだった。

豊島君たちが住んでいた木造の官舎は、国道の新設に伴って取り壊された。豊島君の一家は、取り壊された官舎の南側に新たに建設された鉄筋コンクリート5階建ての国鉄の社宅（アパート）に引っ越した。小学校2年生のときのことだ。私たちが小学校2年生のときに埼玉国体（国民体育大会）が行われた。それに伴って、道路や住宅などのインフラが整備された。私の団地のそばにあった県営住宅も木造から鉄筋5階建てに建て替えられた。また、土呂中央公園が整備された。また、上尾には大型のプール（冬はスケート場になる）ができて、子どもの遊ぶ環境が飛躍的に改善した。豊島君も私も、小学校2年生のときに埼玉国体の恩恵に浴した世代だ。

## 教育の「機会の窓」が開いていた時代

豊島君は1966（昭和41）年4月に埼玉大学教育学部附属小学校に入学する。学校区だと浦和市立（現さいたま市立）常盤小学校で、そこは教育環境の良い小学校として有名だった。なぜ、埼大附属に進学したかについて豊島君に尋ねてみた。

「どうして小学校受験をしたの」

「僕自身は全然わかんないんだけど、やっぱり親がね、話し合って決めたんだと思う」

「どんな試験だったか覚えてる」

「どちらかというと知能テストみたいな感じだった」

「跳び箱とかあった」

「跳び箱があったかどうかは記憶にない」

「確か学科試験である程度まで人数を絞り込んだあとで、もう1回くじ引きで入学者を決めたよね」

「そうだった」

「すると運もよかったわけだ」

「確かに運もよかった。妹はそれで落っこっちゃって、地元の常盤小学校に行くことになった」

「常盤小学校も非常にいい学校だよね」

「うん、進学校なんで、結果的には浦和一女（埼玉県立浦和第一女子高等学校）に受かった」

「それはよかった。小学校1年生のときはどうだった。埼大附属は6年間通して全部持ち上がりなの。それとも担任が替わるの」

「担任は2年ごとに替わった。1、2年の担任は体育の先生だった。一番よく覚えてるのは、入って最初の日に『君たちは日本一になるんだ』と先生から言われたことだ」

「小学校1年生からエリートの気概をちゃんと養うという目標を設定せよということか」

「そう、そうだったんだろうね」

「教育学部附属だ。けっこう教育実習で若い大学生が来るよね」

「来た。そういう先生たちと、まあ、児童たちとはお兄さん、お姉さんみたいな感じで、勉強というより、一緒に遊んだりとか、そういう思い出のほうが多い」

豊島君にとって埼大附属小学校での生活は楽しかったようだ。勉強面で特に苦労した記憶はないと豊島君は言う。絵を描く才能がまったくないため、図工だけはいつも5段階評価の3だったけれど、それ以外の科目は概ね5だったという。秀才中の秀才ということだ。

私は、団地の隣にある大宮市立（現さいたま市立）大砂土《おおさと》小学校に進学した。私は、幼稚園の年長組で、先生との相性が良くなく、登園拒否児童になった。きっかけは、体操の時間に、スキップで「悪い見本」として、園児たちの前で演技させられたからだ。それから体操の時間になると身体が動かなくなった。幼稚園に行く時間になると、38度以上の熱が出る。しばらく経つと平熱に戻る。母は心配して、大宮中央病院（現大宮中央総合病院）の小児科と神経科に私を連れて行った。医師の指示に基づいて、病院の長い階段を何度も上り下りさせられた。医師は母に「優君の知能にも運動神経にも問題は何もない。この子は繊細だから、幼稚園の教諭の対応が耐えられないのだと思う。幼稚園を辞めさせた方がいい」と助言した。それから数日して、幼稚園の園長と担任教諭の家庭訪問を受けた。担任教諭は涙を流して謝り、園長も「退園だけは思いとどまってくれ」と私と母に懇請した。母が私に「どうする？」と尋ねたので、私は「幼稚園に行く」と答えた。通園を再開すると、担任は今度は、私には腫《は》れ物にさわるようにていねいに接したが、他の園児に体操の時間に「悪い見本」の演技をさせていた。こういうことをさせる幼稚園が私は好きになれなかった。

母は、小学校に入ってから私が登校拒否を起こすのではないかと心配した。幸いなことにその心配は杞憂に終わった。小学校1、2年生のときの堀部美代子先生が教育法、人格ともにとても優れた教育者だった。当時は、農家の子どもが3割くらいいた。農繁期は家事の手伝いをするので児童が学校を休む。こういうとき、堀部先生は、昔話をして授業を進めなかった。私と同じ団地に住んでいて、病気のため長期欠席した児童の勉強を特別によく見ていた。ちなみにこの児童は、運動が制限されていたために、両親が身体に負担の少ないゴルフを始めさせた。その結果、プロゴルファーになった。金谷多一郎プロがその人だ。金谷君は3年生になるときに川越に引っ越した。2018年、堀部先生の90歳の誕生会で50年振りに再会した。小学校1、2年生の頃は楽しかったと話がはずんだ。

私が金谷君たちと、缶蹴りや、かくれんぼをして遊んでいた頃、豊島君はそろばんを始めた。小学校2年生のときのことだ。特に豊島君がそろばんに興味を持ったわけではないが、お父さんの同僚の息子がそろばんを習っていて、その話を聞いて豊島君のお母さんが自分の息子も興味を持つに違いないと言ってそろばん塾に通わせたとのことだ。豊島君とそろばんは相性が合った。その後もそろばんの稽古はずっと続いて、浦高時代に日本商工会議所の検定試験1級に合格した。大学を卒業するまでそろばん塾で先生のアルバイトを続けたということだ。豊島君は根気強い。一度やり始めたら最後までやり抜く性格だ。ちなみに、浦高で私は4桁の掛け算を、豊島君に何度もやらせたが、瞬時に答えが出るので驚いた。そろばんの技能だけでなく、記憶力もよいので、豊島君は暗算に長《た》けているのだと思う。

豊島君のお父さんは、休日の朝になると「散歩に行こう」と言って、よく彼を連れて行った。散歩に行くと、いつも帰りに駄菓子屋でお菓子を買ってもらえるので、豊島君は喜んで付き合ったということだ。

豊島君が住んでいた官舎から北浦和の駅を越えて東口の駅前通りをずっと歩いていくと、天王川という小さな川があって、それを越えると右手に木造の校舎が見えてくる。豊島君のお父さんは、その校舎を指さして、

「お前はあの浦高に入って、その後は東大に行くんだ」

と言ったそうだ。

当時の豊島君には、浦高も東大も入学がどれくらい難しいのかよく理解できていなかったが、幼心に「浦高」と「東大」に入らなければならないということが頭の中に刻み込まれたという。

豊島君のお父さんは、兄弟が9人もいて、しかも、大学進学の時期が終戦直後の混乱期と重なったために、大学に行く機会を逸した。

高卒で国鉄に入って、大学卒の後輩たちにどんどん追い抜かれていく人生を歩んできた。別の機会にお父さんは豊島君にこんなことを言っていたそうだ。

「大学卒の人たちは特急列車と呼ばれ、高校卒の自分たちは鈍行列車と呼ばれている」

自分より実力がなくても、大学を卒業しているというだけで出世街道を進んでいく人たちを

尻目に見ながら、豊島君のお父さんは一歩ずつ地道にキャリアを積んでいく以外に方策がなかったのであろう。だから豊島君には、自分と同じ道は歩ませたくない、せめて大学までは行かせてやりたい、大学に行かせることが父親としての最低限の責務だと思っていたのだろう。豊島君は、「当時は漠然としかわからなかったけれど、社会人生活を長く続けた今となっては、父のこの悔しい気持ちが痛いほどによくわかる」と言う。

それでも、私たちが少年時代を送った１９６０年代には教育の「機会の窓」が開いていた。それだから才能と努力次第では学歴を得て社会的上昇の波にのることができた。格差社会が進む今日は、いまその「機会の窓」が再び閉じようとしているように思われてならない。

私の父は、旧制深川工業学校の夜間部を卒業した後、東京帝大工学部に雇員として勤務した。父が勤めた富塚清教授の研究室で、レーダー実験のための半田付けや機材の作製、データを記録していた。戦争政策に必要ということで、徴兵が猶予されると思っていたら、１９４５年３月10日の東京大空襲に遭遇した。その後、東大でも研究の余裕がなくなり、父にも召集令状が来た。中国で航空隊の通信兵として従軍した。戦後は、沖縄で嘉手納基地の電気設備建設に従事し、そこで母と知り合った。本土に戻った後は、富士銀行（現みずほ銀行）に技術職として勤務した。

父は国家を信用していなかった。政治も嫌いだった。「腕に技術さえあれば、どんな状況でも生き残ることができる」というのが父の口癖だった。父は、どの高校に進め、どの大学を狙えというようなことはひと言も言わなかった。子どもの自主性を尊重するという方針を貫いた。ただし、「大学教育は受けろ、適性があるならば大学院まで進め」と言っていた。「高等教育を受けると、国家が国民に嘘をついているときも、それを見抜くことができる。陸軍航空隊でも、大学を卒業し、英語に堪能な人は、日本が戦争に負けることを早い段階から理解していた」という話を、父は何度もした。「口に出すことはできなくても、戦争に負けるということがわかっているといざというときに判断を間違えない」と父は言っていた。高等教育について、父と母の意見は完全に一致していた。

母は、沖縄戦の生き残りだ。14歳で日本陸軍の軍属になった。首里から南方に後退するときに母は陸軍の下士官から「捕虜にならず自決せよ」と言われ、手榴弾を2つ渡された。不発だったときに備え、予備の手榴弾を渡されたのである。もっとも、東京外事専門学校(東京外国語大学の前身)出身の通訳兵は「国際法という法律がある。米軍は女、子どもは絶対に殺さない。捕虜になれ」と耳打ちしてくれた。摩文仁《まぶに》の自然壕(ガマ)で米兵に発見されたとき、母は手榴弾の安全ピンを抜いて、自決の準備をした。これを珊瑚礁の壁に叩きつければ、3〜5秒で爆発する。1、2秒、母が躊躇した瞬間に隣にいた北海道出身の陸軍伍長が「死ぬのは捕虜になってからでもできる」と言って両手を上げた。それで母は命拾いした。母は、「きちんとした教育を受けていた軍人はいざというときに正しい判断ができた」と言っていた。

豊島君の御両親にとって、大学教育は息子のキャリアと結びついていた。私の両親にとって大学教育は、キャリア以前の生死と結びついていた。豊島君の両親と私の両親の原体験が異なるので、息子に対する教育方針も異なってきたのであろう。

豊島君は、小学生の最後に、悲しい思いをした。6年生のときの成績は1学期と3学期がオール5で、2学期の成績も図工が4だったのみで残りの科目はすべて5だった。学年で1番の成績だったにもかかわらず、豊島君は卒業式で答辞を読ませてもらえなかった。

そのときの担任だった先生から、豊島君は、そのことでこっそりと謝られた。豊島君の同学年にT君という金持ちの息子がいて、父親がPTA会長を務めていた。卒業式の答辞を読むことになったのは、そのT君だったのだ。「うちは貧乏だから成績が1番でも答辞を読ませてもらえなかったということが子ども心にもとても悲しかったことを、今でもはっきりと覚えている」と豊島君は言っていた。

その後、T君はどうなったのであろうか。私は好奇心から豊島君に尋ねてみた。

「T君は、その後どうなった」

「僕は高校入試のとき東京学芸大学附属高校を受けて失敗してますけど、彼は受かった。それで、今は普通のサラリーマンということだと思う」

「大学はどこに行ったの」

「よく覚えてない。東大に行ったかもしれない」

「そうか。学芸大附属って、豊島君の自宅からの通学時間規制に引っかからなかった？」

「大丈夫だった。だけどすごく遠かった」

「確か大宮からだと通学時間制限に引っかかって、受けられなかった」

「そうだと思う。北浦和からだと大丈夫だった」

「北浦和からだとギリギリで大丈夫だったんだね。国立大の附属高は、当時、確か1時間とか1時間半とか、通学時間制限があった。僕も学芸大附属の受験を検討したことがあるけれど、僕が住んでいた団地は、大宮駅からさらにバスで20分くらい乗るところにあったので、通学時間制限に引っかかって諦めた。同じ理由で東京の国立大附属高は全部受けられなかった。そのときに塾の先生から、『浦和に住んでりゃよかったのにね』と言われた」

「そうだったんだ」

現在ならば、通学可能な場所に引っ越すという選択をする保護者もいると思う。当時はそういう発想をする人はほとんどいなかった。受験をめぐる文化もかなり違っていた。

## 勉強と恋愛のバランス

1972（昭和47）年4月に、豊島君は、そのまま持ち上がりで埼玉大学教育学部附属中学校に入学した。小学校での3クラスに加えて、中学校からは新たに選抜試験に合格した生徒たちが1クラス分加わり、4クラスの構成となった。

小学校から進学した生徒と比較して、中学受験を経て入学してきた人たちは格段に勉強がよくできたので、豊島君は最初、あまりの差に驚愕したという。「こんな人たちと一緒に勉強をやっていけるのだろうか」と思い、中学生生活の最初は、大きな不安を伴ってスタートしたということだ。ここで豊島君は、自分のこれまでの不勉強に気がついてしっかりと勉強をするよう考えを改めた。その結果、中学受験組との学力差はぐんぐん縮まっていった。

埼大附属中学校では、1学期と2学期にそれぞれ中間テストと期末テストがあり、3学期は期間が短いので期末テストだけが行われる。豊島君は年5回のテストに照準を合わせて、綿密な勉強スケジュールを立てた。寝る時間が深夜零時を過ぎることも多かったという。ある日、深夜に火事があった。豊島君が住んでいた官舎は4階で、外が見渡せたから、真っ赤に燃える火の手の様子が窓からよく見えて恐ろしかった。火事の翌日、学校で友人にそのことを話したら、火事のことよりも、そんな時間まで起きて勉強をしていたのかと、そのことで驚かれたそうだ。豊島君にとって、深夜まで勉強するのは、当たり前のことだったので、そんなことで驚かれたこと自体に驚いたという。

豊島君の人生に大きな影響を与えた教師は、3年生のときの担任だった飛高敬先生だった。飛高先生は国語を担当し、情熱が言動に満ち溢れた。国語の授業では、教科書の単元毎《ごと》に「単元ノート」というノートを作る課題が与えられた。「単元ノート」というのは、国語の教科書が「小説」とか「詩」とか「論説文」といった具合にいくつかの単元に分かれていたので、その単元毎に自分で工夫しながら作るノートのことである。

単に授業の記録を書き留めるだけのノートではなくて、自分で課題を探して調べたり、関連する話題を見つけて自主研究をしてその研究成果を記載したり、創意工夫をしながら充実した内容としなければならなかった。

豊島君は、この作業に熱中した。教科書で芥川龍之介の小説を扱った際には、芥川が最後に住んでいたという東京都北区田端の家を訪れ、そこに住んでいる方から芥川に関する話を聞いて、その内容を単元ノートに記載したという。芥川の終《つい》の棲家となった田端の家には、芥川が好きだったという山茶花《さざんか》の垣根が当時も残っていて、背が高いその山茶花の垣根の写真を添えて単元ノートを作成したことなどを豊島君は今でもよく覚えているという。

徹底的に取材した上で、文を綴るという豊島君の習慣は中学生時代に身についたようだ。この特徴は、2018年12月に上梓した豊島君の『夢のまた夢——小説 豊国廟考』にも表れている。中学生時代に芥川の終の棲家などを取材したのと同じ感覚で、豊臣秀吉の墓を徹底的に調査した上で、文学作品に仕上げた。

飛高先生の要求レベルは高いために、豊島君は単元ノートの作成にはずいぶんと苦労したという。もっとも、この過程で豊島君は、日本語の持っている美しさとか不思議さに気づき、また文章を書くことの楽しさに目覚めた。大学では日本語研究会に入り、社会に出てからも文章を書く作業を続けた。豊島君は、「今の私があるのは、飛高先生から厳しく国語を教え込まれたことが大きく影響している。先生に深く感謝している」と述べている。

飛高先生は、歌人として現在も活躍していて、『青の響』『真夏の光』『青銅の森』などの歌集を出している。豊島君が、高校1年のときによく短歌を詠んでいたのが私の印象に残っているが、それは飛高先生の影響だったのだ。

豊島君は運動部に所属しなかったが、体育は全般に好きだったし得意科目だった。埼大附属は少人数の学校だったので、浦和市の競技大会には何度か出場したことがある。

私は、小学校6年生の夏、沖縄を旅行したときに急性肝炎（現在でいうA型肝炎）に感染してしまい、2学期は学校をほとんど休んだ。その後も、しばらく激しい運動が制限されたので、中学校で運動部には入らなかった。そのため、体育には苦手意識があったし、現在もスポーツにまったく関心がない。それだから、中学高校時代の体育や競技会にはよい思い出がないのだが、豊島君は異なるようだ。

豊島君の思い出にいちばん残っているのは、中学2年と3年のときに出場した駅伝大会だ。初めて出場した2年時で、途中で道を間違えて少しだけだが戻るというハプニングがあった。3年のときにはアンカーの1人手前の区間を任されて、2位と3位が同時にタスキを受け取るという激戦のなかで、3位を大幅に引き離して2位でアンカーにタスキをつないだ。結果的にアンカーが2人に抜かれて4位でのゴールとなった。豊島君は、プレッシャーがかかる場面でアンカーに2位でタスキを渡せたことを今でも誇りに思っているという。豊島君は、寡黙で、表面上はおとなしく見えるが、プレッシャーに対して強い。そのことは日本債券信用銀行の経営破綻、あおぞら銀行での外国人上司との軋轢の中でも示される。これについては追って詳しく説明したい。

中学2年生のときに、豊島君は初恋をした。一方的な恋だったそうだ。3年間を通じて一度も同じクラスになったこともなくて、ほとんど話をしたこともなかった玲子ちゃんという同じ学年の女子生徒だった。髪の毛を長く伸ばして顔の両脇で三つ編みにしてお下げを作っていた。その清楚な姿を彼は奈良の中宮寺の如意輪観音のイメージと重ね合わせ一方的に憧れを抱いた。彼女は中学受験を経て埼大附属中に入ってきていたので、彼女に対する予備知識はまったくなかった。豊島君の一方的な恋は、中学を卒業するまでずっと続いた。一度だけ、玲子ちゃんと仲がいい女の子に仲介してもらって中学のすぐ近くの別所沼公園で放課後に彼女と話をしたことがあったが、どんな話をしたかはまったく覚えていないそうだ。豊島君は、「とても緊張して何も言えなかった」と言うが、その情景が私には目に浮かぶ。一方的にだけれど好きになった女性がいたものの、そのことによって勉強が疎かになることはなかった。むしろ反対に、玲子ちゃんのために恥ずかしい成績を取ることはできないから、豊島君は、死に物狂いで勉強した。

そう言えば、私も中学生時代、中学校と学習塾が一緒の女子生徒に恋をしていた。彼女は、浦和一女を目指して頑張っていたので、私も負けたくないと思った。彼女は短大を卒業した後、大手総合商社に一般職として就職した。外務省の研修生としてソ連課に勤務しているときに、彼女とは何度か会った。その後、音信が途絶えていたが、2018年にこの商社の社長と面会したときに、事前の日程調整の過程でこのエピソードを秘書室長に話すと、「彼女ならば、まだうちに籍があり、現在は子会社に出向しています。ゴルフ部に所属していて、女子アマチュアの世界では、かなりの成績をあげています。よろしければ、社長との会合の後で、懇談の席を設けます」ということなので、アレンジしてもらった。夫は一級建築士で自宅に事務所を構えているが、商社の環境が彼女の性格に合ったようで、定年まで勤め上げると言っていた。豊島君と私だけでなく、当時、成績の良い男子生徒は、好きな女子生徒の前で恥をかきたくないという動機を勉強のエンジンにすることが多かったと思う。

## 受験情報の東京一極集中

豊島君も私も目標とする高校は、埼玉県立浦和高等学校だった。

浦高への進学は、豊島君にとって幼いときからお父さんから言われていた目標であり、お母さんも息子が浦高に入ることに大きな期待をしていた。埼大附属中学校は県内でも有数の進学校であり、毎年たくさんの浦高合格者を出していた。豊島君は、附属中の模擬試験での成績は、常に1桁の順位を保っていて、その順位が3年生になってからはさらに上がってほぼ3位以内の成績を維持していた。努力家なので、深夜にまで及ぶ勉強を毎日続けていた。テストに出る可能性がある分野はどんな少しの可能性でも必ず事前に準備をしたという。私の通っていた大宮市立植竹中学校は、毎年、浦高と浦和一女にそれぞれ10人くらいの合格者を出す進学校だった。浦高に1人の合格者もいない中学校も少なからず存在する中では、大宮市の東中（現さいたま市立大宮東中学校）と植竹中は突出した進学校だった。私の場合、中学校の成績は学年5位以内を維持していたが、授業態度はよくなかった。中学校の授業は、教科書を読めばわかるような内容を教師がくどくど説明するので退屈だった。むしろ教師が高校レベルの内容に踏み込んだ説明をする学習塾の授業の方が楽しかった。また、学習塾の授業は問題集の演習が中心だったので、成績の向上に直結した。塾の予習復習をきちんと行えば、中学校で好成績を維持することは可能だった。私も豊島君と同じように深夜まで起きていたが、受験勉強は半分くらいで、残りの時間は小説や哲学書を読んでいた。

豊島君は、当時「電話帳」と呼ばれていた、全国各都道府県の公立高校入学試験問題が掲載されている分厚い問題集を夏休みの間にすべて解いて、さらにそのときに間違った問題を何度も繰り返して解き直して、どこの都道府県の問題が出ても100点を取れる状態にしたという。実は、私も同じ勉強法を取った。当時の公立高校の試験はよく似ていたので、「電話帳」を完璧にマスターしていれば、本番では既視感のある問題だけを解くことになった。恐いのは、解答欄を間違えるようなケアレスミスだけだった。

豊島君は、浦高に受かる自信は十分にあったが、万一の際に高校浪人をするわけにもいかないので、私立の海城高校を受験した。さらに3年生の3学期になってから、担任の飛高先生から東京学芸大学附属高校を受けてみないかと水を向けられた。学芸大附属のための受験勉強はまったくしていなかったので自信はなかったが、飛高先生の求めに応じて東京学芸大学附属高校も受験した。試験の順番は、学芸大附属が2月の初旬、続いて海城高校が2月中旬、最後に浦高で3月上旬だった。

ところが、最初の学芸大附属の受験で豊島君はいきなり躓《つまず》いてしまった。原因は、埼玉県立高校と、国立高校や私立難関校とでは試験問題の傾向がまったく異なったからだ。当時は受験産業が発達していなかったので、埼玉のような「田舎」には、東京の進学校や学習塾で常識となっている受験情報が流通していなかったのだ。

「埼大附属中で勉強は頑張った。夜遅くまでやった。期末とか中間テストに合わせて全科目、手を抜かなかった。音楽は出てくる可能性がある曲を全部暗譜するぐらいまで勉強した」

「そこまでやったけれど、学芸大附属には合格できなかったのか」

「学芸大附属対策の勉強を全然してなかったからだ」

「よくわかる。僕も早稲田大学高等学院を落ちたんだけど、それは能力の問題じゃないと思う。学芸大附属とか早大高等学院は学習指導要領に縛られないから、入試に高校1年の夏までの範囲が出る。英語の単語数にして、埼玉県立高校ならば700語で足りるが、学芸大附属や早大高等学院は1500語くらい必要になる。高校1年の2学期まで早回ししてれば受かるんだけども、埼玉にいるとそのことがわからない。埼玉県の学習塾とか、埼玉県の学校の先生たちの情報力の限界なんだ。半年分、早回ししないといけないということを僕たちも教えてもらっていたならば、受かったかもしれないと思うんだ。現在の受験体制と違うのは、当時、受験に関する良質の情報が極端にまだ東京に集中していた。埼玉くらい距離があると、受験産業の情報が緩い。そういう事情もあるので、現在は、埼玉で難関高校に合格させることができる個人塾なんて成立しえないんじゃないかと思う。サピックスとか東進ハイスクールのようなところでないと対応できない」

「そう思う」

「あと、今になって振り返って思うのは、埼玉県の教育の特殊性だ。公立難関校に関しては、男女別学が残ってるってこともそうなんだけど、北辰テストのような業者テストをほとんどの中学生が受ける。その結果、中学生ほぼ全員の県内順位がつき、偏差値順に評価される。今もこの制度が続いてるんだけども、こういう現象は埼玉県だけだと思う。僕たちが中高校生の時代、東京都が細かく学校群を分けて、日比谷のような突出した学校が出るのを防いだ。もちろん32群の西とか富士とか、難関学校群はあった。群で入ってその中でどこの高校に行くかというのは割り当てになるというのに対して、埼玉県は学校群の数が少なくて、しかも隣接群が受けられるという制度にしていたために、だから、大宮からだと行けないのは秩父だけとか、そういう構造になってたわけだ。その結果、埼玉県の公立高校が浦和高校と浦和一女をトップにして序列化した。最近は、トップ群に大宮高校が加わったが、公立高校が序列化しているという状況は変わらない」

「うん、そうだね」

「こういう形での激しい競争が公立高校へ入っているのが埼玉県の特徴で、この県で中高の教育を受けた人は、プラスの意味でもマイナスの意味でも競争や序列に対する意識が強い感じがする。他の都道府県の場合、一番校を作らずに、エリートをさまざまな高校に分散させている。浦高にも豊島君のように勉強に手を抜かず、頑張る人もいると同時に、僕みたいに、好きな本ばかり読んでいて、受験勉強を途中でブン投げちゃう生徒もでてくる」

「確かにそうだ」

「考えてみると、浦高は今まで中学校で学年1番か2番の連中だけ集めた学校で、2018年度の入学偏差値は74だってことは、母集団が正規分布しているならば、100人中上位0・8人以内ってことになる。そういう集団の中でも、当然のことながら半分の人間は、相対的成績順位が半分以下になるわけだ。そうなったときに生徒たちのプライドがズタズタに傷つけられてしまい、勉強するモチベーションが維持されなくなってしまう。僕は今、浦高で教えてても思うけど、そこが一番の課題だと感じている。だから、上のほうで残っている生徒は大丈夫なんだけど」

「確かにそうだね」

「その点からすると、浦高で豊島君はいつも成績上位に留まっているのですごいと思っていた」

「いや、本当はとても苦しかったよ」

いずれにせよ、豊島君にとって、学芸大附属高校に合格しなかったことが、人生で経験した初めての挫折だった。その後、それまでの自信が一気に失われてしまった。併願していた海城高校にも受からないのではないかとの不安が急激に頭をもたげてきて苦しんだ。海城高校の入試も中学校の学習指導要領を超えた範囲から出題される。自分でも納得のいく出来ではなかったものの、海城高校の試験には合格して、豊島君は少し落ち着いた心理状態で最後の浦和高校の入学試験に臨むことができた。

# 4 浦高生

浦高に入ったときの思い出については、豊島君の手記をそのまま紹介する。

〈1975（昭和50）年4月、私は埼玉県立浦和高等学校に入学した。

当時の浦高の校舎はまだ木造で、あまりに古びた建物だったので驚いた。また、小中学校が少人数の学校で家族的な雰囲気だったのに対して、浦高は1学年が9クラスもあって、生徒数の多さにまず圧倒された。

当時浦高から東大に合格する生徒数は1年で50人程度だったから、父から言われたように東大に入るためには、少なくとも上位50番以内には入っていなければならない。東大合格者50人の中には浪人生も含まれていたので、現役で東大に入ろうとすると20番くらいまでに入っていないと難しいのではないだろうか。

こんなに多くの生徒がいるなかで、それも県南地区から選《え》りすぐりの生徒たちが選抜されて集まってきているなかで、果たして私はやっていくことができるのだろうか？

浦高に入った初日は、期待感よりも不安の方が大きかった。

この浦高に入学した日に、私は佐藤優君との運命的な出会いをした。

私たちは、1年9組というクラスに振り分けられた。担任の先生は、生物を教えている高橋昇先生だ。剣道の達人で、物静かななかに芯の通った厳しさを秘められた先生だった。

私は一番前の席になった。その私の席の隣に坐ったのが佐藤君だったのだ。

隣同士だから当然挨拶をする。そのあたりのことは、佐藤君の著作『先生と私』(幻冬舎)に佐藤君が書いてくれたとおりである。

佐藤君は私のことを「親しみをもてそうな奴だ」とその時の感想を書いてくれている。私の方も、親しみやすい感じのおもしろそうな人だなと思い安堵したが、一方でよくしゃべる人だなぁという感想も持った。

佐藤君はしばしば、先生が話したことに対して質問をしたり意見を述べたりして、その都度授業が中断した。私は先生をもやり込めるような佐藤君の知識の広さと深さとに隣の席から感嘆していた。

よく自分の知識をひけらかそうとして、やたらとその場にはそぐわないのに質問をしたり意見を述べたりする人がいるけれど、佐藤君の場合はけっしてそんな浅薄な内容ではない。本質を衝いた質問であり意見なので、嫌味がないし先生とのやり取りを聞いていてとても楽しかった。

佐藤君の提供する幅広い話題により、クラスの雰囲気は和んだ。

その後、佐藤君とはいろいろなことを話した。勉強のこと、将来のこと、人生のこと、趣味のこと、そして想っている人のことも話をしていたらしい。

私はそのことをすっかり忘れていた。

高校を卒業してから電話で1、2度話したことがあったきりで佐藤君と直接会う機会がないままに歳月が過ぎ、今年（2018年）5月に40年ぶりに佐藤君と会う機会を得た。その時に佐藤君が口にした言葉に、私は驚いた。

「玲子ちゃん、元気か？」

最初私は、佐藤君が何か勘違いをしているのではないかと思った。母や妹の名前ではないし、佐藤君の口から「玲子ちゃん」という名前が出てくる状況を私は想定することができなかったからだった。

ところが、佐藤君の記憶は間違っていなくて、初恋の相手だった埼大附属中で同じ学年だった玲子ちゃんのことを彼は言っていたことがわかった。

むしろ私の方が、佐藤君に初恋の相手のことを話していた事実をすっかり忘れてしまっていたのだった。そんなことまで相談していたのか。改めて当時の佐藤君との距離感を私は実感した。

それと同時に、恐るべき佐藤君の記憶力にも感嘆した。

私から見て、佐藤君はスーパーマンだった。話題が豊富で、どんなテーマに対しても私より数段深くて広い知識を持っていた。そして、その知識を背景としてしっかりとした自分の意見を持っていた。今の佐藤君の原型そのものが、すでに高校1年生の当時から出来上がっていたと言っていい。

私の場合は、自分が興味を持っていることが限られていて、その殻の中に行動が閉じ籠《こも》ってしまう傾向があったのだが、佐藤君の場合はそういう閉じ籠るような殻がそもそもなくて、反対にどんどん外の世界へと興味も行動も拡がっていくような人間としての大きさを感じた。

その背景には、膨大な読書量があり、旺盛な好奇心があり、そして深い洞察力があった。一つだけ、私が佐藤君に対して懸念を持っていたとすれば、それは佐藤君がたまに自席で読んでいた学生運動や政治関係の新聞や書籍などのことだった。

当時学生運動というと私は、赤軍派などの過激な派閥のことしか思い浮かばなかった。私にはそもそもの知識がなかったし、知ろうという気持ちもなかった。

佐藤君はきちんとした知識のもとに学生運動や政治活動にも強い興味を持って情報収集を行っていたのだろうが、私は佐藤君がとても危険なことに足を突っ込んでいるのではないかと思い、心配した。

そんなの読んでいて大丈夫か？　と何度か真顔で尋ねたことがあったと思う。

今でも不思議に思っていることは、そんな佐藤君がどうして私のような何の取柄もなく平凡な人間にこんなに仲良くしてくれたのかということだ。

私の場合は、自分にないものをたくさん持っている佐藤君への憧れの気持ちが強かったから、よくわかる。けれど佐藤君がどうして私のことに興味を持ってくれたのかは、不思議でならない。

ともあれ、私たちはなぜか気が合った。

佐藤君が夏休みに単身でソ連に旅行に行くと聞いた時には、とても驚いた。ソ連でなくてアメリカやヨーロッパに一人で行くと聞いても驚いたことだろう。それが、当時は一般人がほとんど訪れることがなかった社会主義国のソ連に行くというのだから、驚かないわけはない。

それと同時に、佐藤君が本当に無事に帰ってくることができるのかと心から心配した。心配だったから、せめて羽田空港まで佐藤君を見送りに行きたいと思った。クラスの他の友だちは誰も来なかったので、私一人で羽田空港に行って佐藤君を見送った。当時はまだ成田空港がなかった時代である。

その時のことは、佐藤君が『十五の夏』に書いてくれている通りである。

とてもおもしろい作品なので、是非たくさんの人に読んでもらいたい本である。私は、佐藤君の『十五の夏』を読んで、あの時に佐藤君はこんなすばらしい経験をしていたということを知って、実は大いに羨ましく思っている。もちろん、今だからこそ言えることではあるのだけれど。

そして、あの時に得た経験が、今の佐藤君の活躍の土台を造っていたのだということを改めて実感した。

佐藤君が単身でソ連に行っていた同じ「十五の夏」に私は何をしていたかというと、何をしていたかを何も思い出すことができない。

佐藤君は無事にソ連から帰ってきて、私にお土産として現地の通貨(コイン)とソビエト連邦共産党機関紙の「プラウダ」をくれた。コインもプラウダもずっと大切に実家に置いておいたのだけれど、就職して私が広島に行っている間に両親が家を建てて引っ越した際にどこかに行ってしまったようだった。

昨年、その両親の家を売却して解体する時に探してみたけれど、どうしても見つけることができなかった。

佐藤君との想い出話の最後に、とっておきのエピソードを一つ紹介する。

実は私は、佐藤君と二人で写っている海水パンツ姿の写真を持っている。不思議なことに手をつないでいる。高校1年生の時に伊豆の弓ヶ浜で行われた臨海学校の時に撮った写真だ。

雑誌『FLASH』（2015年3月24日号）で佐藤君の特集（作家・佐藤優はいかにして「新・知の巨人」となりしか）を組むということになり、記者の方からインタビューを受けたことがあった。その時に当時の想い出の写真があればとのリクエストに応じ持参したのがこの写真である。当時の佐藤君との親密さを物語るに十分な「証拠写真」だろう。

なお、この時の臨海学校で佐藤君は、風呂場にまでカメラを持ちこんで写真をバチバチと撮りまくっていた。私は写ってはまずい部分まで写真を撮られ、またそれを何の間違いか写真屋さんがプリントアウトしてしまい、浦高内で相当まずい写真が出回っていたことを記憶している。

佐藤君にはそういうお茶目なところがあって、楽しい浦高生活だった。〉

## 過激派・新左翼の息吹を感じながら

人間の記憶は非対称だ。豊島君が記憶していて、私が覚えていないこともあれば、その逆もある。臨海学校で浴室にカメラを持ち込んで、撮影したことは私の記憶から完全に抜け落ちている。臨海学校のときは、連日、曇りで海が冷たかったことと、朝食に出たあじの開きがおいしかったことしか記憶に残っていない。豊島君と手を繋《つな》いで写真を撮ったことも『FLASH』誌に掲載された写真を見て、初めて記憶に甦ってきた。ちなみにこの記事を書いた記者が、豊島君から手書きで携帯電話番号を記した名刺を私に託した。豊島君が一橋大学に進学したことまでは知っていたが、その後の消息についてはまったく情報がなかった。さっそく電話をして、卒業後、日債銀に就職したが、経営破綻し、その後、あおぞら銀行につとめたが、いろいろあってゆうちょ銀行で現在は働いているということだった。「一度会おう」と約束したが、そのまま時間が過ぎてしまった。

前にも書いたが、玲子ちゃんの話は、豊島君から当時、毎日のように聞かされた。川越女子高校に進学したので、会う機会がないと豊島君が言うので、「彼女の家まで押しかけていけばいい」と何度かけしかけたが、豊島君は「そういう相手から顰蹙《ひんしゅく》を買うようなことはしたくない」と答えた。

私が豊島君の隣の席で、過激派の機関紙をよく読んでいたのは間違いない。当時、浦和駅西口に荒井書店という小さな本屋があった。店主は右翼関係者という噂だったが、そこには過激派の新聞や雑誌、書籍が豊富にあった。大宮や浦和の大書店には、日本共産党中央委員会出版局や革マル派系のこぶし書房の本は並んでいたが、その他の新左翼系の刊行物は荒井書店にしかなかった。当時、首都圏の学生運動に影響が強かった『解放』（革マル派）、『前進』（中核派）、『世界革命』（第四インターナショナル）、『解放』（社青同解放派＝革労協）などの機関紙を買ってきて、私は熱心に読み比べていた。当時は革マル派と中核派、革マル派と社青同解放派が激しい内ゲバを展開し、死者まで発生していた。文芸部や新聞部には、新左翼に共感を持つ生徒が多かった。私の場合は、マルクス主義には関心があったが、新左翼や共産党よりも、社会党左派に共感を覚えた。高校2年生の頃からは、高校よりも社会党の埼玉県本部や、社会党系の青年組織であった社青同協会派（社青同解放派とはまったく別の組織で、労農派マルクス主義者の向坂逸郎氏が率いる社会主義協会の影響を強く受けていた）の事務所に入り浸るようになるのであるが、その頃には豊島君と政治に関する話はしなくなっていた。マルクス主義の話は、文芸部や新聞部の友人たちとしていた。

豊島君は、学生運動に関しては、嫌な記憶があるという。

「住んでた官舎が北浦和の西口にあって、今だと北浦和公園があるところだけれど、そこに昔の埼玉大学があった。その隣に僕たちの官舎があって、さらに反対隣に蒼玄寮という埼大の寮があった。その寮と大学に挟まれたところに住んでたんだけど、子どもの頃、学生運動で、僕たちの官舎の目の前にある道路で、ゲバ棒を持った学生と警官隊か何かがぶつかって、何人かの学生がうちの官舎に入ってきて、ドンドンドンと扉を叩き『開けろ!』と言っている姿を目撃したことがあった。4階のベランダからこっそり見ていたけれど、すごい怖かった」

「そういえば、豊島君から、左翼に深入りして大丈夫かと何度か言われたことを覚えている。僕は、何でも思うがままに、面白いことを歩きながら考えていたんだけど、『大丈夫か』って豊島君からよくストップをかけられたね」

「僕は臆病な人間なので、逆にいろんなことができる佐藤君ってすごいなと思って、尊敬していたのと、同時にちょっと心配していた。『革マルを血の海に沈めよ』という見出しの新聞を佐藤君は教室で平然と読んだりしていたから」

「大多数の浦高生は、なんか不思議なものを見るような感じで僕に接していた。あと、もう一つは、僕には昔から性格的にちょっと問題があって、小さなカリスマ性がある。1000人を率いるようなリーダーシップや大きなカリスマ性はない。ところがね、10人くらいのね、非常に濃いグループを作ることはできた。だから、文芸部は居心地がよかった」

「ああ、それはよくわかるよ」

## 文芸部と新聞部

豊島君にとって浦高生活は、想い出の多い3年間だったという。優秀な生徒たちばかりで勉強の方は大いに苦戦したけれど、教師には恵まれていたと豊島君は回想する。私は、勉強は社会科と現代国語以外は、放棄したに等しい状態だったので何とも言えないが、教師に恵まれていたという認識は豊島君と同じだ。

当時、浦高の教師はあまり転勤がなかった。同級生の父親を教えたことがあるという教師もいた。浦高以外に勤務せずに定年を迎えるという先生も少なからずいた。また、地方公務員法の兼業禁止規定に違反するにもかかわらず、東京の予備校で講師をつとめている教師も数人いた。長年浦高で教壇に立っているので、浦高生気質に理解があり、厳しいけれど温かみのある教師が多かったと豊島君は考える。「厳しいけど温かみがあった」のか、「面倒な生徒には触らない」という事なかれ主義だったのかはよくわからないが、規格外の生徒をあえて型にはめるということはしなかった。例えば、私より早く職業作家になった渡瀬夏彦君は、2年生のときから沖縄の与那国島に行って、さとうきび畑で農作業に従事し、高校にはほとんど来なかった。当時の浦高には追試はなかったが、渡瀬君が証言するところによれば、他の生徒とは別扱いで、特別の試験を受けたということだ。渡瀬君に特別の才能があることを見抜いていた教師がいたので、既成の枠に縛り付けなかったのだと思う。渡瀬君は、同級生より数年遅れて日本大学藝術学部に入学したが、中退して職業作家に転じ、1992（平成4）年に『銀の夢――オグリキャップに賭けた人々』で講談社ノンフィクション賞を受賞している。現在は沖縄に在住し、玉城デニー沖縄県知事のブレインになっている。

豊島君に特に影響を与えたのは、1年生のときに国語を担当した竹内栄一先生と、直接授業は受けていないけれど生徒会誌「礎」でインタビューしたことがある工芸の増田三男先生の2人だ。

竹内先生は、民俗学者で、歌人でもあった折口信夫《おりくちしのぶ》（釈迢空《しゃくちょうくう》）の直弟子で、能や歌舞伎などの芸能や短歌に深い造詣をお持ちの先生だった。国鉄の階段でも「下り口《おぐち》」を使うと折口先生に失礼なので、混雑していないときは上り口から階段を降りるという徹底ぶりだった。私が母のルーツが沖縄であるという話をしたら、竹内先生は折口信夫『琉球の宗教』と柳田国男『海南小記』を併せて読めと言われた。読んだが、当時はピンと来なかった。しかし、後に自分の沖縄人としてのアイデンティティを考える上でこの2冊を読んだことはとても有益だった。

豊島君は飛高先生の影響で、中学3年のときから国語に強く興味を持つようになっていたが、竹内先生との出会いで、関心がさらに深まった。豊島君は、民俗学という学問の一端に触れて日本文学の奥深さを知り、将来何らかの形で文学や日本語に関わっていきたいとの思いを強くしたという。豊島君も文学青年だったのだ。

工芸の増田三男先生は彫金の専門家で、浦高を定年退職した後、1991（平成3）年に人間国宝の認定を受けた。浦高では芸術科目の工芸を担当していた。増田先生の下で工芸を選択した生徒たちはみな十分、商品になるような立派な家具を毎年制作していた。雑誌部員だった豊島君の要請に応じて、増田先生は手作りで物を創らなくなっている昨今の世の中の風潮を危惧する一文を寄せた。豊島君には、編集者としての能力もあった。雑誌部は、生徒会誌である

「礎」という雑誌を作る部だった。編集権は独立していて、掲載される論考は生徒会本部の意向は反映していなかった。生徒会の一組織のようでもあり、普通の部活動でもあるような、ハイブリッド性のある部だった。1年9組のクラスメイト（本橋晶君、富田聡君、松下光一君）と豊島君の4人で揃って入部した。ちなみに富田君は、2019年現在、浦高で国語教諭をつとめている。3年のときに後輩にバトンタッチするまでの2年間、豊島君たちは取材と編集を行い、第19号と第20号を発行した。「礎」は今も連綿と発行され続けていて、2017年3月には60号を刊行した。60号には、豊島君の回想記も掲載されている。

浦高時代、豊島君は、「礎」で、共学問題「どうして浦高は共学ではなく男子校なのか？」や20周年記念特集などの特集記事執筆を担当するとともに、個人的な興味から皇居の周囲を散策した紀行文を掲載した。豊島君は、2009年に『井伊直弼と黒船物語』（サンライズ出版）を上梓するが、この作品の原型は、「礎」に掲載された紀行文にあるように私には思える。「礎」は、生徒会誌という建前だったが、小説や漫画、自由研究などもあって、むしろ同人誌のような性格の雑誌だった。型に囚《とら》われていないから、活気があってなかなかにおもしろかった。豊島君は、「浦高には文芸部や新聞部などの部もあったけれど、同じ文章を書くことに携わっているものの、一つのことに拘《こだわ》らない雑誌部の活動内容が私には一番フィットしていたのだと思う」と回想しているが、その通りと思う。雑誌部には、豊島君や富田君など真面目であるが、浦高の体制には若干の不満を覚えている知識人型の生徒が参加していた。これに対して、文芸部には小説家や文芸批評家になる夢を追いかける規格外の生徒が、新聞部には何かに対して怒っていて、性急に社会を変えたいと考えるアナーキスト的気質を持った生徒が集まっていた。文芸部も新聞部も浦高の「独立愚連隊」のような存在で、真面目に受験を考えている生徒は近寄らない鬼門だった。

私は文芸部と新聞部の両方に所属していたが、2年生の秋以降は、浦高の部活動よりも校外での社青同活動に熱中していた。社会党左派系の労働大学という組織が、北浦和駅西口の労働会館で、労働組合活動家を対象に「埼玉労働大学」という講座を行っていた。講師は大学教授、社会党や社青同の幹部、社会主義協会のオルグ担当専従職員だったが、講義の内容は大学の専門課程レベルだったので面白かった。社青同は、目立たなかったが、学生運動では、民青(共産党系)、革マル派に次ぐ数の構成員を持っていた。大学生には、勉強をさせ、総評(日本労働組合総評議会。1989年解散)や労働組合の専従職員を養成するという方針を取っていて、学習会中心の運動を展開していた。このときに学んだことは、外交官になった後もとても役に立った。とりわけ、埼玉大学の鎌倉孝夫助教授(現名誉教授)から、マルクス『資本論』の読み方について手ほどきを受けたことが有益だった。ソ連崩壊後のロシアでは、社会主義から資本主義への急速な転換が行われた。そこで、マルクスが「資本の本源的蓄積」と呼んだ、資本家への富が集積する現象が起きた。『資本論』では、英国において羊毛産業のために羊が農民を追い出すという形でこの現象は起きたが、20世紀末のロシアでは国有財産の分捕り合戦という形になった。利権抗争で、多くの人が殺された。ソ連崩壊後のロシアについて、私が幻想を持たなかったのは、高校時代に『資本論』を通じて、資本主義の怖さを知っていたからだ。それ以外にも、労働大学で組織論や宣伝・煽動の技法を学んだことも、官僚として霞が関（官界）と永田町（政界）を泳いでいく際に役立った。

豊島君の内面にも、アナーキスティックな傾向があったのだと思う。豊島君は、その思いを将来、小説で表現したいと思っていたのだろう。豊島君の『夢のまた夢——小説 豊国廟考』を読むと、豊臣秀吉に仮託した豊島君の破壊的な内面世界が表れているように私には思える。国家、会社、秩序などはすべて相対的価値しかもたず、重要なのは一人一人の人間性だと豊島君はこの小説を通じて訴えている。これは浦高時代から豊島君が温めていたテーマだと思う。

豊島君は、雑誌部以外に写真部でも活躍していた。写真は今でも豊島君の生活において重要な位置を占めている。中学生のときにお父さんに買ってもらったアサヒペンタックスの一眼レフカメラで、当時次々と廃止になっていった蒸気機関車（SL）の写真を撮影することから豊島君の写真好きは始まった。

豊島君のお父さんにとって、一眼レフカメラはかなりの出費だったと思う。自分の小遣いをかなり減らして、息子の欲しがっているカメラを与えたのだと思う。私の父は、小学校6年生で私が電話級アマチュア無線技士の試験に合格したときに、50メガヘルツのトランシーバーを買ってくれた。井上電機製作所のAM－3Dだった。トランシーバーといっても、本体が3・7キログラム、携帯する際には単一電池が9本必要だったので全体で5キログラム近い金属の塊だった。もっとも、真空管を用いないトランシーバーだったので、当時は50メガヘルツのトランシーバーが携帯が可能になるだけでも画期的だった。しかも、送受信用の水晶を必要とせず、VFO（Variable Frequency Oscillator、可変周波数発振器）がついていることも画期的だった。AMだけでなくFMでの通信も可能だった。本体だけで2万8500円で電源を加えると3万円を超えた。父が「これでお父さんの小遣いの1ヵ月分が消えた」とぼやいていたことが記憶に残っている。豊島君のお父さんも、私の父も息子のためにかなり無理をしていたのだと思う。

蒸気機関車が無くなっても、豊島君は写真を撮り続けた。当時はまだ白黒写真が中心の時代で、フィルムの現像も印画紙への焼き付けもすべて豊島君自身が行った。ベニヤ板と角材とでパネルも自作して、秋に行われる浦高祭に作品を出展した。浦高時代、私は豊島君から多くの白黒写真をもらった。風景写真が多かった。

写真部と雑誌部の他に、豊島君は、浦高祭実行委員会と湘南戦実行委員会の委員もつとめていた。浦高祭実行委員として3年生の10月に開催される浦高祭まで全力投球しなくてはならないので、本格的な受験勉強を開始できるのはそれ以降ということになる。

湘南戦実行委員会とは、今はもう廃止されてしまったが、当時、浦高と姉妹校の関係にあった神奈川県立湘南高校との定期戦を実施するための委員会であった。湘南高校と浦和高校とは県立高校として大量に東大合格者を出していた進学校として、姉妹校の関係にあった。毎年、浦高と湘南高校を行き来して運動部の定期戦と文化部の交流会とが行われていた。豊島君と私たちの学年は、1年と3年のときは浦高で湘南高校生を迎え、2年のときには湘南高校に遠征して交流戦を行った。浦高は男子校だけれど湘南高校は男女共学校であり、浦高生にとって湘南戦は浦高祭と並んでとても楽しみな行事の一つだった。この浦高祭実行委員会と湘南戦実行委員会とで豊島君は、多くの仲間と同じ目的に向かってプロジェクトを推進していく難しさと喜びとを学んだ。もちろんそれは、社会に出てからも大いに役立った。私の場合、応援団にも参加していたので、湘南戦には旗手として加わった。浦高祭では、文芸部の展示に熱中し、直前には2~3日、徹夜した。このときの経験で、私は自分の体力的限界を知った。この経験は、大学院で修士論文を作成するときにも、外交官試験の準備をするときにも、外交官になって難しい交渉をするときにも役に立った。

## 大学入試

豊島君にとって、古河強歩大会（別名古河マラソン）もよき想い出のようだ。毎年秋に行われる全校行事で、浦和から茨城県の古河までの約52キロを走ったり歩いたりして移動するのである。帰りは電車に乗って帰らなければならず、帰りの服を風呂敷やリュックに入れて持って走らなければならないから、フルマラソンよりも厳しい。制限時間があって、全コースの半分以上は走らないと時間内に古河に着くことができない。なかなかに過酷な行事だった。春には10キロの新入生歓迎マラソンがあって、秋にはこの52キロの強歩大会がある。進学校でありながら、運動にも注力している、言わば文武両道を求められているのが浦高生だというのが、学校側の説明だった。

豊島君は1年生のときには何もわからず普通に走っていったら20キロのところで力尽きて、あとは走ったり歩いたりしながら何とかゴールに辿り着いた。このときに自分の力の限界が20キロであることを初めて知った。2年生と3年生のときにはこの経験を活かして最初の20キロを力をセーブして走った。その結果、古河まで歩くことなく走り切ることができた。

私の場合、1年生のときは、強歩大会の2週間前から、毎日、10キロずつジョギングをして準備したが、当日、30キロくらいでこむらがえりを起こして脱落した。2年生のときは、ろくに準備をしていないので、三十数キロの幸手関門で時間切れになった。3年生のときは、逃げた。学校側には、「体調を崩した」と説明したが、真実の理由は思想的なものだった。公立の名門校に残っている古河強歩大会のような行事は、戦前・戦中の軍事教練における行軍演習の名残だということに気付いたので、こういう行事はボイコットすべきと考えた。文芸部と新聞部の友だちに「一緒にボイコットしないか」と呼びかけたが、「こういうつまらないことで学校側と対立するのはよくないので、ちんたら歩いて浦高から10キロ離れた岩槻関門でタイムアウトになればよい」という反応が全員から返ってきた。私はそれに同意せずに、1人でボイコットすることにした。ボイコットの趣意書も書いたのだが、最後の瞬間に、浦高生の圧倒的多数と対立するのが面倒になり、「体調不良」ということにした。ただし、体育教師は、ただのサボりではなく、思想的背景があると察して、強歩大会の後、体育教官室に呼び出され、根掘り葉掘り、尋問されたが、私はほんとうに考えていることを言わなかった。そのときは、自分は思想的な覚悟が十分にできていないと情けなく思った。だから、古河強歩大会に関しては、あまりいい想い出がない。もっとも現在は、体力的な総合マネジメント能力をつけるという観点で、古河強歩大会には教育上、大きな意義があると考えている。外交官の経験を経て、単純な反戦思想は私の中から完全に消えた。

私は、豊島君は成績も浦高でトップクラスなので、東京大学文科I類を受験して、法学部に進むと思っていた。しかし、豊島君が受験したのは、一橋大学法学部だった。豊島君は、雑誌部の先輩を訪ねて一橋大学を訪問したときのキャンパスの雰囲気が気に入って、この大学を受けることにしたという。

「豊島君の3年次の担任は誰だった」

「政治経済の井上浩先生だった」

「僕も授業を受けたのでよく覚えている。愉快な先生だったよね。政経だけは3学期を通じて5だった。東京教育大学（筑波大学の前身）の出身だったけど、近代経済学に造詣が深く、一橋大学（当時は東京商科大学）の教授だった杉本栄一の影響を強く受けていた」

「なんか飄々《ひょうひょう》とした先生だった。進路相談のときに『君は寒いのは大丈夫か』って聞かれて、何かと思ったら、『東北大学なんかどうだ』って言われて」

「しかし、成績からすると東大文Iだって十分に狙うことができた」

「でも、そこまでの自信はなかった」

「東大の文Ⅰはともかくとして文Ⅲだったら十分、現役で合格できたんじゃないのか。当時、文Ⅰと文Ⅲの間では、だいぶ差があったから」

「挑戦すれば行けたかもしれない。成績がちょうど登り坂になっていて、かなり自分としてはもう少し上行けるかなって思ったところに、『寒いのは大丈夫か』っていきなり言われて」

「浦高は、現在もその傾向があるけれど、東北大とか北海道大、いわゆる北の旧帝大志向が強い。僕は浦高生に、よほどつきたい先生がいるならば別として、北大や東北大と比較した場合、慶應や早稲田の方が平均的な教育内容は良いので、進路選びは慎重にしろと言っているんだけれどね。僕自身も、同志社の神学部に行かなければ、真面目に勉強をしなかったと思う。旧帝大というようなブランドにこだわるよりも、大学で行われている教育内容を吟味した方がいいと思うんだけれど」

「他の大学を受験しなかったことといい、一橋大学の一次試験に自分の得意な国語がなく、二次試験の国語の科目にも得意とする古文がなく現代文だけだったことといい、今から思うと何と無謀な受験をしたものかと思う」

豊島君は、無謀だったのではなく、自分の実力を最大限に発揮するために、あえて自分を追い込んだのだと思う。さらに、東大でなくても一橋大学ならお父さんも許してくれるだろうと考えたという。無駄な受験料を親に負担させたくなかったので、豊島君は私立大学を受けずに、受験は一橋大学一本だけに絞った。法学部を受験したのは、商学部、経済学部、法学部、社会学部と4つある学部の中で法学部の競争倍率が一番高かったからだったという。「どうせ受けるのなら、一番厳しい門から入りたい」と豊島君は考えたそうだ。

一次試験の英語と数学は、ほぼ満点に近い点数を取れた。ところが二次試験の最初の科目である数学で失敗し、部分点を含めても零点に近い点しか取れていなかったと豊島君は言う。もうダメだと思ったが、試験は最後の2日目まで諦めないで頑張った。落ちたと思ったので、合格発表の日には自分では結果を見に行かなかった。豊島君が特に頼んだわけではないが、お父さんが国立《くにたち》に合格発表を見に行った。お父さんから、合格者の掲示の中に豊島君の受験番号があるという電話がかかってきた。それでも豊島君は信じられなくて、間違って一次試験の番号を見ているのではないかとお父さんに尋ねたが、番号だけでなく名前まで掲示されているから間違いないという答えがかえってきた。

豊島君は慌てて受験票を持って国立の一橋大学まで行き、入学関係の書類を受け取った。

# 5 大学生

1978（昭和53）年4月に豊島君は、一橋大学法学部に入学した。一橋大学は、武蔵野の面影を今に残す国立市にある大学だ。元々は千代田区の一橋御門の近くにあったが、関東大震災の後に現在の場所に移転した。キャンパスはとても広いが、1学年が840人（商学部と経済学部が各250人、法学部と社会学部が各170人、1978年時点）と小ぢんまりとした社会科学系の総合大学で、理科系学部はない。当時は1、2年生の教養課程は小平キャンパスで学んだ。従って、3年生以上から構成される国立キャンパスの学生数はさらに少なくなる。少人数の環境で伸び伸びと、心ゆくまで勉強することができる環境が用意されているのが一橋大学の特長であった。卒業生の大部分は官庁には就職しないで民間企業に就職し、大学で学んだ経験を実学に活かしていく校風があった。

私は、2003（平成15）年10月に東京拘置所から保釈された後、しばらくは京浜東北線与野駅そばの母の許《もと》に居候していたが（父は2000年11月に他界した）、翌04年3月から、当時婚約中だった現在の妻とともに西国分寺の賃貸マンションに住むことにした。妻もロシア・スクール（外務省でロシア語を研修し、対露外交に従事する外交官の語学閥）に属する外交官だったが、私が外務省と全面的に対峙する状況になったので、退職し、母校の東京外国語大学大学院に通うことにした。西国分寺を住処としたのは、JRの中央線と武蔵野線が乗り入れているからだ。私が公判で霞が関の東京地方裁判所に通うのには中央線が便利で、母が住む与野に行くためには武蔵野線で南浦和を経由すると早い。また、妻が府中市朝日町の東京外国語大学に通うのにも便利だったからだ。ただし、当時の西国分寺には、大規模な図書館も書店もなかった。学術書や古本を置いてある古本屋もなかった。そのため2人で国立に出て、喫茶店で本を読んだり、レストランで食事をしたりすることが多かった。

豊島君は自宅から一橋大学に通っていたので、武蔵野線から中央線に西国分寺で乗り換えていた。時期は異なるが豊島君と私には、共通する想い出があるはずだ。

「僕は、東京拘置所から出てきてから4年間、西国分寺に住んでいた」

「あ、そうなんだ」

「裁判を抱えていた頃だった。当時は婚約中だった妻と西国分寺でマンションを借りた。駅のそばにアップルマートっていう、よろずやのようなコンビニがあって、雪の日にこの店の前で、茶トラの雄猫を保護した。とても頭のいい猫で、現在15歳だがとても元気だ。このコンビニは今はなくなってしまった。駅のそばにイタリアンで1軒、オステリアっていうおいしいレストランがあった。窯焼きのピザが絶品だった。また、オステリアに行く途中の細い道にカウンター席しかないカレー屋があって、そこもおいしかった。それ以外は、家のそばには夢庵とかサイゼリヤとかね、ドトールとかね、チェーン店しかない。1駅電車に乗って国立に行くと別世界で、独自の文化がある」

「国立の雰囲気は周囲の街と全然違うよね」

「違う。当時は金がなかったので、1週間に購入する本代の上限を2000円に決めていた。国立の駅のそばにある『みちくさ書店』という古本屋があった。店頭の平置き台に並んでいる400円均一の学術書を買って、それでスターバックスに行って、コーヒーとポテトチップスぐらいで夫婦で閉店時間まで粘って読書をしていた。置塩信雄『蓄積論』(筑摩書房)、河出書房から昔に出た「世界の大思想」シリーズで、ヤスパースやハイデッガー、アダム・スミスなど、昔から気になっていたが、きちんと読んでいない本を買った。スターバックスでは、一橋の学生が司法試験、公認会計士試験、国家公務員試験などの受験勉強をしているんだ。閉店後、学生たちはモスバーガーに移動して勉強を続ける。それで11時くらいまで勉強している。街全体に勉強するという雰囲気がみなぎっていた」

「確かに西国分寺とはだいぶ雰囲気が違う。僕は、自宅通学だったので、武蔵野線で西国分寺まで行って、中央線に乗り換えた」

「風が強くなると武蔵野線は遅れる」

「そうそう。しかも西国分寺駅の武蔵野線ホームは風が吹きすさんでいて、電車がなかなか来ない。冬は風でよく遅れるし、寒かった」

「貨物列車ばっかり通っていくんだよね」

「そうそう」

「武蔵野線はもともと貨物列車のために作った路線だからね」
「でも、僕は西国分寺も国分寺も大好きだ。昔の国分寺の跡とか、散歩するのにはすごくいい」
「僕は西恋ヶ窪に住んでて、そこに姿見の池というのがあった。昔、宿場町だったんで、そこで働く女性たちが鏡の代わりに自分の姿を映したという。この池にいつも鴨が夫婦でいて、微笑ましかった。姿見の池と道路を隔てた反対側にある新築マンションを借りていた。環境はとてもよかった。新宿に引っ越した後も、何度か訪ねたことがある。職業作家となって生活が安定する前の、不安を抱えた時期だったけれど、自由な時間がたくさんあって、ゆっくり考えることができたのはよかった」

一橋大学で豊島君は、L8という第二外国語が中国語のクラスに振り分けられた。クラスは学部別ではなく第二外国語の別で振り分けられた。一橋大学では、学部の垣根が低く、他の学部の科目も必ず履修しなければならない仕組みになっていた。自分の学部の科目履修を最小限にして他の学部の科目を多く履修することも可能な柔軟な履修制度が採用されていた。

1クラスが50人程度で、女子学生は2人だけだった。高校時代は男子校で女性と話をする機会が全くなかったため、クラスに女子学生が2人いるだけで最初の頃は気になって仕方がなかった。同じクラスで豊島君がいちばん仲良くなったのが、中村直人氏だった。中村氏は春日部高校を卒業して一橋大学に入ってきた秀才で、同じ埼玉県の県立進学校出身であり、同じ法学部であったこともあり、後に2人で一緒に車で旅行に行くような仲となった。中村氏はお酒がとても強くて、国立でよく一緒に飲んだ。勉強も出来て遊びも強くて、学生時代からとても尊敬できる人物だった。

豊島君は法学部に入ったが、司法試験に合格して弁護士になることは考えなかった。対して、中村氏は一生懸命に勉強をして司法試験に合格し、今では日本を代表する弁護士になっている。最近では、不正融資に絡むスルガ銀行の第三者委員会の委員長を務め、正確な報告書を作成して事件の真相解明に大きな貢献をした。

中村氏に関して、2018年末の「日本経済新聞」にこんな記事が出ていた。

〈日本経済新聞社は第14回「企業法務・弁護士調査」を実施した。企業の法務担当者と弁護士に2018年に活躍が目立ったと思う日本の弁護士を聞いたところ、訴訟や不祥事対応などの実績が豊富な弁護士が支持を集めた。企業が選ぶ企業法務分野の1位は7年連続で中村直人氏だった。

調査は10~11月に主要523社の法務担当者と、大手法律事務所を中心とする弁護士150人を対象に実施した。「企業法務」「危機管理」「国際経済法・通商」の3分野で弁護士を2人ずつ選んでもらった。企業212社(回答率41%)、弁護士121人(同81%)の回答があり、日経リサーチの協力で集計。企業票のランキングと、企業票と弁護士票を合計した総合ランキングの2つをまとめた(中略)。

企業票ランキングで企業法務分野のトップになった中村氏は、大手企業が絡む訴訟や仲裁など数多くのビジネス紛争に関与した。シェアハウスを巡るスルガ銀行の不適切融資問題では、実態解明のための第三者委員会の委員長を務めた。9月に公表した報告書は創業家の元会長の善管注意義務を認めるなど、同業の弁護士からも「従来の企業の不正に関する報告書と比べて踏み込んだ内容」と評価する声が聞かれた。中村氏は「幅広く参考になるよう専門家だけでなく、一般の人にも読みやすくすることを意識した」と話す。

ＩＴ（情報技術）の発達など経済構造が大きく変わるなかで、中村氏は新時代のコンプライアンス（法令順守）のあり方に関心をもっている。「人工知能（ＡＩ）を使った違反行為のチェックなど、科学的なデータ活用がより重要になる」と指摘する。〉（２０１８年12月17日「日本経済新聞」電子版）

豊島君は、人を見る目がある。中村氏の将来が、大学生時代の豊島君には見えていたのだと思う。

他にも、浦高で生徒会長を務めた関口和一君も豊島君と同じＬ８のクラスになった。関口君は応援団で、私と一緒だった。『文藝春秋』２０１０年4月号の「同級生交歓」に関口君、前出の渡瀬夏彦君、末松広行君（現農林水産事務次官）と私が登場している。関口君は一橋大学卒業後に日本経済新聞社に入社して、編集局産業部の編集委員と論説委員を兼任し、ＩＴ分野などで活躍をし、多数の著書もある。

## 物事を終わらせる「決断の力」

豊島君は、大学での授業は、はじめのうちはあまりおもしろくなかったという。特に法律の授業は概念的な事項が多く、分厚い教科書を読んでいるうちに眠気がさしてくることが多かったという。法律が面白いと思うようになったのは、3年生になりゼミの授業などで判例集を読み、実際の裁判の過程での原告と被告のやり取りをつぶさに観察するようになってからのことだった。法律の条文だけをいくら穴が開くほど眺めてみても、味気ないものでしかない。ところが、法律は条文だけで成り立っているものではなくて、その法律を使う人間の行動や思いによって成り立っているものであることを知ったと豊島君は言う。どうして原告と被告は争っているのか？　その背景となる事実があり、それぞれの思いがあり、それを裁く尺度としての法律がある。そういう人間たちの行動や思いと結びつけて考える法律学こそが生きた法律学であり、大学の図書館で判例集を読み進めながら、法律とはなんと人間臭いものであるかということを豊島君は学んだ。するとそれまで無味乾燥なものだった法律の条文が、途端に生き生きとして見えてくるようになった。豊島君はゼミの授業を通じて、そんな発見を先生や他のゼミ生たちに熱く語った。

1、2年の教養課程では講義中心の授業だが、3、4年では専門分野においてはゼミ形式の授業になる。豊島君は、民法の島津一郎教授のゼミに応募した。島津教授のゼミに入りたいという学生はとても多くて狭き門だったけれど、面接を経て選ばれた10人強のメンバーに豊島君も入ることができた。

大学時代を通じて、豊島君は写真部と日本語研究会という2つのクラブに所属した。写真部については、浦高時代の続きで、趣味としている写真を撮り続けたいと思っていたからだ。写真部では、年に何回かの部の合宿（撮影旅行）やコンパ（飲み会）などの行事が多く、部員間のフランクな交流のなかで互いに写真技術の向上などにも励んだ。夏休みにフィルムを30本以上撮らなければならないなどのノルマが課せられたときもあり、数をこなしていくなかで次第に自分の写真スタイルを創り上げていくということを実践した。

もう一つの日本語研究会の方は、他の大学にはないユニークなクラブだった。豊島君は、前に述べたように、中学以来ずっと文学や日本語に関する興味を持ち続けていた。大学でもこの分野の知識を深めていきたいと考えた。浦高のときにも文芸部や新聞部と雑誌部のどちらに入るか迷って雑誌部に入部した経緯があったが、大学でも文芸部にしようか日本語研究会にしようかで迷った。その結果日本語研究会を選択したのは、文学という創作を実践する前に日本語そのものを見詰め直してみたいとの気持ちが働いたからだった。日本語そのものを考えることによって、将来的に自分が創作活動を行う際の知識と経験の裏打ちになると思った。豊島君は、「あの時点では、創作を行うには自分が未熟すぎる」と思っていたという。この点に関しては、豊島君の完璧主義が災いした。当時から書き始めていれば、銀行員と作家の二足の草鞋《わらじ》を履くことが豊島君にはできたと思う。私の場合、職業作家になりたいという気持ちは、鈴木宗男事件に連座して、手記を発表するまで全くなかった。もっとも外交官時代、公電や報告書を書くことで、表現の基礎的訓練を受けていたことが役に立った。『夢のまた夢——小説 豊国廟考』を読めばわかるが、豊島君には書く力がある。もっと早く、職業作家になるための第一歩を踏み出して欲しかった。

豊島君が大学生だった、1978～82年頃は、「見れる」「考えれる」などの「ら抜き言葉」が若者を中心に広く使われていた時期であり、マスコミの間で日本語が乱れているとの議論がなされ、一種の日本語ブームが到来していた。日本語研究会は、そんな時期に誕生して、日本語と対峙して日本語を見詰める研究を行うという極めて真面目で極めてアカデミックなサークルであった。津田塾大学の学生と一橋大学の学生が合同参加するクラブだったけれど、軟派サークルではなく、毎週日本語に関する本をテキストとして選定し、皆で意見を戦わすという厳しい活動を行っていた。テキストとして使用する日本語関係の本には、言語学そのものを扱った学術的な本もあれば、九鬼周造の『「いき」の構造』や井上ひさしの『私家版日本語文法』など文化としての日本語に関する本などもあり、様々な本が選ばれた。豊島君は、言語学などの学術的な本は苦手で、日本語を文化として捉えるような本の方が好きだったという。そういえば、浦高生時代も豊島君と文学の話はよくしたが、哲学について話した記憶はない。豊島君は、法律の概念的な事柄に違和感を覚えたのと同じように、哲学や言語学の抽象的な理論にどこか嘘があると感じたのだと思う。真理は具体的なものにあるという意識が豊島君には強い。それは、豊島君が銀行員という職業を選択することに繋がったと私は見ている。

毎年11月に行われる一橋祭で、日本語研究会は、著名な有識者を招いて講演会を実施するとともに、論文集を発行した。豊島君は、1年生のときに「日本語における奇数・偶数の問題」、2年生のときに「色に関するいろいろな考察」、3年生のときに「濁点について」というテーマの論文を掲載した。4年生のときに論文集を発行できなかったのは、豊島君の代以降、新入部員が入って来ずに、部員が豊島君と津田塾大学の女子学生2人（佐野恭子氏、山田美津子氏）の3人のみのクラブになってしまったためである。部員が3人のみになってからは、定例の勉強会をした後に国分寺のパークレーンでボウリングをしたり、マ・メゾンという五日市街道沿いにある喫茶レストランで食事をしたりして3人で遊んだと豊島君は懐かしそうに語っていた。その後も、結局新入部員は現れず、豊島君の代で日本語研究会は消滅となってしまった。豊島君は、途中で何人かの部員が入ってきたことはあったけれど、思っていた以上に真面目でハードな活動内容だったためにすぐに辞めてしまったというのが実情だったという。組織を終わらせるには、決断力が必要だ。重要な決断には強い意志が伴う。日本語研究会を終焉させたという経験が、日債銀やあおぞら銀行で豊島君が危機に直面したときに役立ったと私は見ている。

「非常に興味深いのは、このサークルには終わりがあったってことだね」

「そうかもしれない」

「日本語研究会を終わりにできたというのは、豊島君に大局観があったからだ。最後の部長になったわけでしょう」

「そうだよ」

「組織を終わりにする勇気はとても大切だと思う。組織というのは、数年継続すると、維持するための負荷が大きくなる。そうすると、本来の理念と関係なしに、自分が最後の部長をやりたくないということが組織の目的になる」

「最後の部長はやりたくないって気持ちはあるよね」

「雑誌だって、最後の編集長はやりたくないから、無理して生き残らせるということがときどきある。自分が、責任を持って何かを終わらせるっていうのは大変なんだよね。もしかすると大学時代に日本語研究会を終わらせたことと、その後、あおぞら銀行やゆうちょ銀行を辞める決断をしたことが、深いところでは繋がっているかもしれない。人間の根っこで」

「根っこのとこで？」

「そう。学生時代のとこで、自分の決断でサークルに終わりをつけることができたっていう経験が役に立っている」

「そういえば、あおぞら銀行のときにシステム子会社を解散したんだけれど、そのときの清算人は僕だ（笑）。あれってなんか仕事辞めてもずっと付きまとってるみたいで、いまだに僕はあおぞら情報システムの清算人だ」

「清算人ってずっと付いて回るわけだ」

「付いて回る。登記簿謄本にも僕の名前が書いてあって、もう関係は全部清算しているから、何もないんだが、万が一のときは、僕が出ていかなきゃならない。あおぞら銀行は辞めてるけどね」

将来、会社の清算とか、人員整理とかに従事することになることを大学生時代の豊島君は夢にも思っていなかった。


就職活動は、4年生の10月1日が解禁日ということになっていたが、実質的には4年生の春頃からゼミやクラブの先輩が大学に来て会社説明会を開催したり、あるいは反対にOB訪問という形で興味のある会社を学生が訪問して実質的な面接を受けたりして、始まっていた。豊島君は、高校3年生のときに担任だった井上浩先生から、「君は銀行員が向いているのではないか」と言われたことが大学に入ってからも頭に残っていたので、就職先としては漠然とではあったけれど銀行にしようと考えた。銀行は当時最も安定した業種の一つと見なされていた。

安定志向が強く慎重な豊島君としては銀行を就職先候補の柱として考えていた。数ある銀行の中で日本債券信用銀行を選んだのは、島津ゼミから過去2代にわたって卒業生が就職していたこと、その先輩の案内で職場見学や面接をした際に、会社の話をしてくれた日債銀の人たちが親切で優しかったこと、などが大きな判断ポイントとなったということだ。行員数が少人数（2000人程度）で家族的雰囲気であることも、一人一人を大切にしてくれそうだし、自分の性格に合っていると豊島君は感じた。

就職活動解禁日の10月1日には、朝一番で日債銀に並び、午前中に1回面接を受けた後、午後には安川七郎頭取や人事担当の福根茂専務の面接を受けて、その日の夜に奈良坂仁人事課長から採用内定の電話がかかってきた。事前の面接や接触で日債銀は豊島君の採用を決めていたのである。その後、想定外の試練に豊島君も日債銀の幹部らも遭遇することになるが、この時点では銀行が経営破綻することを想定する人は一人もいなかった。

# Ⅲ

# 疾風怒濤《しっぷうどとう》

## 6 日本債券信用銀行

1982（昭和57）年4月1日、豊島君は日本債券信用銀行（日債銀）に入行した。

日債銀は、当時長期信用銀行（長信銀）というカテゴリーに分類されていた銀行で、日本興業銀行（興銀）、日本長期信用銀行（長銀）とともに、日本の高度経済成長を長期資金の供給面から支えてきた銀行だった。長信銀と一般銀行の間では次のような棲み分けがなされていた。都市銀行などの一般銀行が主に期間1年以内の短期資金を調達・運用（融資）し、長期信用銀行が期間1年超の長期資金を調達・運用（融資）するという形だ。長信銀には長期信用銀行法という銀行法とは別の法律が適用され、その長期信用銀行法によって金融債という債券の発行が認められていた。リテール業務も取り扱ってはいたけれど、主にはホールセールバンキングで収益を上げてきた銀行だった。長信銀のなかでも日債銀は、全国に支店が20店舗弱しかなくて、行員数も2000人弱と都銀の数分の一程度と小ぶりな銀行ではあったものの、少数精鋭を標榜し1人当たりの融資量や資金量は都銀とは比べ物にならない効率性を誇っていた。ひとことで言うと日債銀は超エリート集団だったのである。ただし、豊島君が入行した1982年頃には次第に長信銀と都市銀行との長短の垣根が低くなってきていて、長信銀の存在意義そのものについていろいろな意見が出始めていた時期でもあった。

私は、モスクワで日本長期信用銀行の幹部と面識ができた。その人は、ロシアの裏人脈に通じ、かなり危険な仕事に従事していた。豊島君と話をしているうちに、私が好奇心から長銀と日債銀の社風の違いについて尋ねると、こんなやりとりになった。

「日債銀とか長銀とか、一般銀行と仕事が全然違うよね」

「おっとりしているよね」

「日債銀はおっとりしてるんだろうけど、僕の知っている範囲で、長銀は印象が違う。いずれにせよ豊島君たちは、最初から一般銀行に就職した人と比較して、桁違いの金を扱うことになったと思う」

「そうそう。取引先に行って集金してという感じじゃまったくなかった」

「扱う額も、札束にした場合、持ち上がらないぐらいの額でしょ」

「そうでもない。自分で外回りもやったけど、やっぱり最低でも300万円、500万円という世界なので、一般銀行とは少し違いましたね」

「日債銀の内定が即日出たわけだけど、長銀は受けなかった?」

「受けなかった。就職先は日債銀にするとかなり早い段階から決めていた」

「日債銀と長銀はずいぶん社風が違うもんね」

「そうだろうね」

「僕の知っている長銀マンは、何というか、ヤバっちい感じがあった。モスクワで僕なんか恐くて絶対に近づかない秘密警察関係者やマフィアと親しくしていた」

「確かに長銀の人たちは、なんかギラギラした感じが、イメージとしてあったね。なので、もうかなり早い段階から日債銀に行くことを決めていた。僕はこうと決めたらあっちこっち見ないで、何も考えずに突き進むところがある」

「豊島君流の合理的思考だね」

「僕はわりと単純な性格なので」

「そうは思わないけれど。ところで、日債銀はもともと朝鮮銀行だったよね」

「そうだ」

「だから、この銀行はもともとは植民地統治のノウハウを持っていたんだと思う」

「そう思う。朝鮮銀行が解体されたときの資産を使って、日本の高度経済成長に貢献することを目的にした」

「朝鮮支配を通じた政治エリート、経済エリートとの人脈も活用したよね」

「人もつながっている」

「植民地経営的なかなり大局的な観点で物事を見るという社風が残っていたんじゃないかと思うんだけど」

「あったと思う」

「ちょっと話が脇にそれるけれど、植民地経営の関係では、地政学が重要だと思う。日本は島国だから、ネットワークを重視する海洋国家だった。それだとネットワークだけ持っていればいいという発想になるんで、腰を据えて植民地を統治していくためのシステムを構築することが苦手になる。大日本帝国の時代、日本人は朝鮮半島に進出していった。半島国家は、地政学的に半分は海洋国家、半分は大陸国家だから、ハイブリッドな性格を帯びる。大陸国家の基本戦略は自国の領域を増やして、効率的に統治することだから、マネジメント能力がついてくる。旧満州や朝鮮半島にいた人たちが戦後、日本国家を再建する過程で重要な機能を果たしたのは、実はそういった事情があったからと思うんだ。逆に、今、日本が弱くなってきてるのには、大陸的な形での経営とかマネジメントをやった世代が退場してしまったという要素もあるような気がする。この人たちから、直接教えられたのがわれわれの世代なんだけども、そこも今、退場しつつある。しかし、われわれの世代は、実際に植民地のような環境での経営とかマネジメントをやっていない。それだから、次世代への継承ができない。馬とロバを掛け合わせたラバに子どもができないのと類比的だ。そんな感じが僕にはする。日債銀の歴史について、今回、豊島君と本を作ることになったのでちょいと調べてみたんだけど、この銀行の社風には、地政学の要素があると思う」

「なるほどね。全然思いもよらなかったけど、そう言われてみるとそういうところは確かにあったかもしれない」

「だから日債銀は、システムの重要性を早くから理解していたのだと思う。入行後の豊島君は、システムをかなり若い頃から担当しただろう。システムは、マネジメントの一部だ。バーチャルな要素があるけれど、基本は国家運営もシステムのマネジメントだ。たとえば、往々にして、商社でやり手って人、あんまりシステムに関心ないでしょ？」

「ないね」

「要するに、結果さえ出りゃ、数字が出りゃいいんだろって、こういう感じになっちゃうでしょ」

「そうだね。システム担当者は発想が違うよね」

「日債銀でシステム分野を歩んだということが、豊島君の考え方に深いところで関係してると思う」

「そうかもしれない」


豊島君が日債銀に入った1982年4月に私は同志社大学神学部4回生になった。浪人したので、豊島君より学年が1年遅れた。当時、私は新左翼系学生運動の周辺にいた。そろそろ就職について考えなくてはいけないと思っていた。この頃、いちばん見苦しいと感じたのは、神学研究科の大学院に博士課程まで残り、その後、数年間、スイスかドイツに留学して、同志社系の大学教員になることだった。そういう履歴を経て、大学教員になった元学生運動活動家は、教育も研究も中途半端で、大学内政治にエネルギーのほとんどを注入する人が多かった。そういう生き方は醜悪と思った。学生時代は、教室で黒板の方に向かって座り、教師に対して異議申し立てをしていたにもかかわらず、10年後には黒板を背にして、あたかも何事もなかったかの如く講義をするという選択はしたくないと思った。

民間企業に就職する気持ちはまったくなかった。高校時代まで持っていた、中学校の英語教師になるという夢にも魅力を感じなくなり、チェコのプロテスタント神学者ヨゼフ・ルクル・フロマートカについての研究をずっと続けていきたいと思った。高校の社会科教師になって研究を続けることも考えた。しかし、社会科の教員免許を取ろうとしても、神学部生の場合、宗教科の教員免許を取らなくてはならない。それから、社会科の教員免許を取る。そうすると教職課程を履修するために多大な時間を奪われ、神学の勉強がほとんどできなくなってしまう。それならば、免許のいらない大学教師になるしかない。しかし、同志社には、系列校を含め、就職したくない。それだと神学分野で教職に就くことはできないので、留学してドイツ語をきっちり習得して、大学か短大の語学教師になるという選択が現実的と考えた。

もっとも、大学院に進む頃になると、チェコで勉強したいという気持ちが強くなった。当時のチェコスロバキアは社会主義国で、科学的無神論を国是にしていた。それだから、神学専攻でチェコに留学する道はなかった。文部省（現文部科学省）が管轄する政府間交換留学制度があったので、チェコ思想史を研究するというカモフラージュでカレル（プラハ）大学哲学部に留学することも検討した。事情に通じた東京外国語大学出身の教授に相談すると、「大学時代の研究テーマを正直に書かなくてはならない。フロマートカは、反体制派系の神学者だったから、絶対に受け入れられる可能性がない」と言われた。しかも、交換留学生の枠は年に1人だが、現地で1年延長が可能だ。その場合、新規の募集が停止される。ほとんどの留学生が延長を希望するので、実質的には2年に1人しか採用されない。採用される人は、東京外国語大学ロシア語科か早稲田大学文学部ロシア文学科出身者で、同志社から留学した人はいない。しかも選考には、チェコスロバキアの共産党政権と良好な関係にある東京外国語大学の教授が深く関与しているので、この教授の覚えをめでたくすることが不可欠ということだった。私費留学の道もない。

さて、どうしようかと思っているときに、大学の就職部の掲示板を見ていたら、外務省専門職員試験に関する告知が貼ってあった。この試験に受かればチェコに行け、費用も外務省が負担するということだ。試験問題を集めてみたら1年半から2年集中して勉強すれば、なんとかなるレベルだった。大学院で修士論文を仕上げながら受験勉強することを、神学部4回生のときに決めた。その頃、豊島君は日債銀広島支店に赴任して、社会人生活を始めていた。

## 自分が顧客に「何」ができるかを考える

約1ヵ月間の新入行員研修の後、豊島君は広島支店に配属された。事前に人事部から希望を聞かれ、広島支店、札幌支店、京都支店を希望店舗として答えた。就職するまでずっと北浦和の両親の許から学校に通っていたので、生まれて初めて親許から独り立ちすることになった。学生から社会人へという人生の大きな転換に親からの独立という環境の変化も加わり、豊島君の生活環境は著しく変化した。佐伯郡五日市町藤垂園《とうすいえん》（現広島市佐伯区藤垂園）に日債銀の独身寮があり、豊島君はそこで生活した。藤垂園寮は、広島市内から広島電鉄に乗って海岸線を西に向かって行ったところにあり、静かな住宅地のなかにある3階建ての建物だった。庭にはテニスコートがあった。もう少し足を先に延ばせば、日本三景の一つである安芸の宮島に至る。

広島支店では窓口業務と渉外業務を1年間担当した。続いて総務課の仕事を3ヵ月した後、金融機関の営業担当となり、その後、東京本社に転勤するまでの3年半を、豊島君は金融機関を担当した。金融機関担当とは、広島支店がテリトリーとする中国5県(広島県、岡山県、山口県、島根県、鳥取県)のエリアの金融機関に対して、日債銀が発行する5年物の金融債(リッシン)を中心にセールスをする仕事で、課長と手分けをして地方銀行、相互銀行(今の第二地銀)、信用金庫、信用組合などの金融機関を回る仕事だった。

当時の長信銀のステイタスは高くて、入行2、3年目の若手でも、信金を訪問すると理事長がアポなしで会ってくれた。子どもというよりはほとんど孫のような年齢の豊島君を「よく来てくれた」と言って歓迎してくれたという。当時はまだインターネットもなかった時代で、地道に地方を回って顧客のところに顔を出すことが主要な営業手段だった。守備範囲が中国地方の5県だから、月の半分以上は出張となる。泊まりがけの出張も多い。17時以降は顧客の仕事場に営業に行くこともできないから、取引先の信金の担当者などに連絡を入れてよく飲んだという。

出雲にある信用組合の専務には特に可愛がってもらった。豊島君は、予約していた松江のホテルをキャンセルさせられて、看雲楼という地元の旅館に案内され、そこでとことん飲まされる経験を何度もした。この信用組合以外にも、朝早くに泊まっている旅館に迎えが来て地元の漁港を案内してもらったり、新築したての自宅に泊めてもらったり、お客さんと営業という関係を取り払って地元の金融機関の担当者とは親しく付き合った。この人たちが、広島に出張してきたときは、豊島君が誠心誠意歓待した。顧客から、よく当たると評判の広島市内の宝くじ売り場で宝くじの購入を頼まれたこともあるという。数学に強い豊島君だから「どの売り場で買っても当選確率は同じだ」と思っていただろうが、そういう表情はまったくせずに、顧客の要望に応えたのだろう。文学好きの豊島君には、人間は合理性以外の原理で動くことがよくわかっているからだ。

35年以上経った今でも当時の顧客と豊島君は、年賀状のやり取りを続けている。この事実を豊島君は誇りにしている。豊島君は、当時を振り返って、「僕は日頃は真面目で几帳面なタイプなので、お客様にとってあまりおもしろくない人物に映るようなのだが、お酒が入るとその自制心から解放されて愉快な人間になるらしい。父親譲りでお酒を飲むことについては自信があったので、むしろ昼の営業よりも夜の営業で地元の金融機関の方たちと仲良くなっていった」と言う。豊島君は、確かに几帳面だが、内面には情熱がある。そして誠実な人間だ。地元の金融機関関係者も、酒食をともにしながら懇談する内に豊島君の人間性に惚れ込んでいったのであろう。

金融機関営業で思い出に残っているエピソードでこんなことがあった。金融機関に対する営業は、豊島君1人で顧客のところを訪問することがほとんどだった。入行後2、3年の駆け出しであっても、日債銀の看板を背負っているのだから、それなりの責任が伴う。それに相手は素人ではなくて同じ業態で活躍しているその道のプロだ。しかも豊島君よりもはるかに実務経験を積んだベテランばかりだ。ただ訪問するだけではなくて、そういう同業のプロを相手にセールスをしなければならない。最初のうちは、この仕事がかなりつらかったと豊島君は言う。下関信用金庫（現西中国信用金庫）を初めて1人で訪問したとき、当時は常務だった山本哲正氏が出てきて豊島君の相手をした。

山本常務は豊島君にこう言った。

「君のようなセールスマンが毎日たくさん私を訪ねてくるよ。みんな同じような話をして帰っていくけれど、あまり私の役には立っていない。君は彼らとどこが違っていて、私にどんなメリットを与えてくれるのかね」

いきなり真正面から山本常務のストレートパンチを浴びて、豊島君は打ちのめされそうになった。その道のプロである山本常務に比べ、豊島君には知識も経験も不足していた。日債銀の上司から「行ってこい」と言われたから、その通りにしただけだった。山本常務から見た豊島君の「価値」とは何だろうかということに考えが及ばなかった。豊島君は、その場ですぐに答えることができず「もう少し時間をください」と言うのが精一杯だった。

豊島君は、そのとき、必ず山本常務の役に立てるセールスマンになりたいと思った。そのために何をやればいいかを一生懸命に考えた。そこででた暫定的な結論が、セールスとは詰まるところ、「情報」であるということだった。日債銀にあって下関信用金庫にはない情報を提供することが一番のサービスではないかと思った。下関信用金庫は地元の信用金庫だから、地元のお客様の情報では日債銀は太刀打ちできない。反対に、東京の情報、他の地域の情報、海外の情報だったら日債銀の方が優位だ。あるいは、国債や外債などのマーケット情報だったら喜んでもらえるのではないだろうかと豊島君は考えた。

東京にいる各本部の担当者たちと頻繁に連絡を取り合っていろいろな情報を集め、それを紙に書き留めて「日債銀ニュース」という情報ペーパーを作った。この「日債銀ニュース」には、国内の長期金利および短期金利、外国為替、外国金利などのマーケット情報を基本情報として継続的に掲載した他に、新しいマーケット商品の紹介や東京の融資動向などのトピックスを取り込み、A4サイズ1枚に収まるよう平易な言葉で簡潔にまとめ上げた。ちなみに私が外交官時代、首相に見せる書類を作成するときもA4判1枚になるように努めた。この分量の情報だと、ブリーフ（説明）した相手の記憶に強く残るからだ。

当時は、東京の動向がタイムラグを経て地方経済に伝播していく傾向が強かったから、信金や信組など東京に拠点のない金融機関では、東京の情報はありがたがられた。当時はパソコンなどなかったしワープロもまだそれほど出回っていなかった時代だったので、紙に手書きをしてそれをコピーした。学生時代、日本語研究会の発表のときにレジュメを作った経験が役に立った。あのときと同じ要領で、マーケットや国内外の最近の動向などの情報を豊島君はまとめていった。

山本常務だけでなく、出張で金融機関を回るときにはこの自作の「日債銀ニュース」を持って行って顧客に配った。地方の金融機関では役員たちでも、そういう話を聞く機会はあまりなかったとのことで、「日債銀ニュース」は行く先々で高く評価された。

そういう一般的な情報提供とは別に、下関信用金庫に対して、豊島君は、譲渡性預金を発行するスキームを提案して、信用金庫の資金調達のために貢献した。他行にはない豊島君の発案による日債銀独自の山本常務へのサービス提供だった。

簡単に仕組みを説明すると、日債銀が資金を出して下関信用金庫が譲渡性預金を発行する。億円単位の発行だったから、下関信用金庫にとっては、大口の資金調達になる。日債銀は、その預金が譲渡可能な預金である特徴を活用して、短期市場で現先取引（買い戻し条件付き売買）に出して資金負担を取引先に転嫁する。

長期金利が短期金利よりも高いことを利用して、実質的に資金負担なしで利鞘《りざや》を稼ぐことができるというスキームだった。

短期市場に取引先をたくさん持っている日債銀でなければできないスキームだ。豊島君は、「情報提供だけでなく実取引でも山本常務の期待に応えることができて、うれしかった」と回想する。

豊島君は、「僕の力というよりは日債銀のマーケット部門の力なのだが、あのときに非常に厳しい言葉でセールスマンとして駆け出しの私への期待を示してくださった山本常務には、今でもとても感謝をしている」と言う。豊島君は謙虚なので、こう言うのだが、日債銀のマーケットに有益な情報がいくら蓄積されていても、現場がそれを有効に活用しなければ何の価値も生み出さない。豊島君は、この仕事を通じて、自分の手持ちカードを上手に活用することが銀行員として生き残るために死活的に重要だということを学んだ。銀行員に限らず、自分の手持ちカードの定期的な確認作業は、社会人にとって必要不可欠な作業である。山本常務はその後、下関信用金庫の理事長になった。

## 結婚も人事異動もタイミング

豊島君は、広島支店にいるときに結婚した。長信銀の社会的なステイタスは高く、短大卒や高卒で優秀な女性が日債銀広島支店にも勤務していた。狭い社会でもあるので、自然と、配属となった新入行員の男性と支店に勤務している女性とが結婚するというケースが多い。いわゆる「行内結婚」というパターンだ。豊島君の妻になる人は、同じ課ではなく、融資と外為を担当する課に所属していた。とは言え支店は50人程度の小さな所帯なので、自分が所属している課だけでなく他の課の人たちとも自然と交流するようになる。店内旅行やインターバンクのスポーツ大会など、公式・非公式の行事も非常に多い。豊島君は、仏像や焼き物が好きという話がきっかけとなって、交際を始めることになった。仏像や焼き物の趣味が一緒なので結婚に至る、というケースは珍しいと思う。

「奥さんの出身は」

「広島だ」

「そうすると今でも広島にときどき行くわけだ」

「行くよ。家内の両親は既に亡くなっているので、年に1回お墓参りと、あと野球観戦を兼ねて行っている」

「カープのファン？」

「もちろん、夫婦ともにカープファンだ」

「奥さんの出身大学は」

「地元のノートルダム清心女子短大（2003年にノートルダム清心女子大学に統合）」

「キリスト教の世界では有名な学校だ」

「そうだと思う。当時は、銀行に勤めている女性で、四年制大学の卒業生は少なく、ほとんどが短大卒だった」

「短大から銀行っていうのがエリートコースだったよね」

「昔の長信銀ってステイタス高かったんで、優秀な女性を短大が推薦してくる。さらにそこから選抜するという感じだった。広島支店の女性行員も優秀な人が多かった」

「それでほとんど行内結婚で」

「そう。女性行員は、入ってから2、3年で、東京から来た新人の男性行員と……といった感じだった」

「それは行内セキュリティ的には一番いいよね」

「そうだね」

「仕事と家庭の両立は頭の痛い問題だ。僕は、離婚歴があるけれど、最初の妻とうまくいかなかったのは、相手が大学の後輩で、外交の世界、特にインテリジェンスのことがわからなかった点が大きい」

「普通の人にはわかんないよね」

「今の家内は、外務省の後輩で、しかもロシア・スクールに所属していた。対ロシア外交だけでなく、インテリジェンスの仕事も一緒にしていた。だから、僕が仕事で何をしていて、どんな考えをしているかよくわかっている」

「佐藤君の仕事の大変さをよくわかっている」

「そうだ。前妻に対しては、悪かったと思っている。家に帰っても何やってるか全然しゃべれない仕事だった。突然、深夜の2時ぐらいに仕事に出ていくこともある。『悪いけど2日ぐらい帰らないと思う』と言い残すだけで。また、出張に関しても、行き先については秘匿しなくてはならないので、密かにモスクワに行ったりとか、あるいはテルアビブに行ったりというような世界だから。家に帰っても『ああ、疲れた』としか言わない。さらに公安警察には尾行されるし、無言電話がかかってきたりする。モスクワでは、ロシアの秘密警察に尾行されていた。家の壁には盗聴器が仕掛けられている。よほどこの世界のことを理解してる人じゃないと一緒にやっていけない」

「そうだよね。まあ、そこまでいかないにしても、僕たちの場合も同じ銀行にいたんで、大変さとか雰囲気とかは話さなくても理解してもらえるというのは確かにある」

ローマ教皇のヨハネ・パウロ2世が訪れたことがあるという広島の世界平和記念聖堂で19

86（昭和61）年4月13日に式を挙げ、今はないが八丁堀のホテルシルクプラザで披露宴を行った。結婚後の新居は、広島市西区庚午中3丁目の日債銀広島支店の家族用社宅だった。

豊島君は、広島支店に約5年間の勤務の後、本店の資金証券部（後に市場証券部）に異動となった。日債銀の場合、通常は3年程度の周期で人事異動があるが、豊島君の場合は異動の周期が長くなる傾向にあった。これは、豊島君の能力が高く、余人をもって代えがたいと上司に認められたからだ。自分の与えられた仕事を極めなくてはならないという職業倫理を豊島君と私は共有している。外務省の人事異動は通常2、3年である。しかし、私の場合、モスクワの日本大使館に7年8ヵ月勤務した。1987（昭和62）年8月の着任時点で私の官職は在ソビエト連邦日本国大使館副理事官だった。1995（平成7）年3月の離任時には在ロシア連邦日本国大使館二等書記官になっていた。私が勤務している間にソ連が崩壊したので、勤務国の名称が変化したのだ。その後は東京の外務省国際情報局分析第一課に6年11ヵ月勤務した。こういう勤務形態をとった外交官は異例だった。豊島君も私も仕事においては、専門家としての能力を評価されたのである。

豊島君は、「広島支店で融資を経験できなかったことは、僕の銀行員生活のなかでとても残念なことだった。普通、銀行員というと資金調達と融資の両方の分野を経験するのが一般的だ。僕は残念ながら、その片方だけしか経験することができなかった。それは、支店人事のなかでの巡り合わせの問題であり、限られた人数で支店運営を行っていくに当たってのタイミングの問題でしかなかったのだということはよくわかっている」と回想する。

人生にとっては、タイミング（カイロス）が重要だ。外務省で私がロシア語ではなく、チェコ語を研修語に割り当てられていたら、まったく別の人生を歩んだことになったと思う。あるいは、モスクワ国立大学でロシア語を研修した後、モスクワの大使館ではなく、ナホトカの総領事館への赴任を命じられたならば、仕事でロシア政府要人と知り合うこともなかったし、モスクワで鈴木宗男氏と知り合うこともなかった。その場合も、私の人生は現在とまったく異なるものになっていたであろう。すべてはタイミングの問題なのだ。


広島支店で金融機関営業をしているときから、豊島君は、単に金融債を買ってくださいと言ってセールスをするだけではなかなか商売にならないので、国債や外債それにＣＤ（譲渡性預金）などのセールスを交えながら金融債を買ってもらうということを行っていた。当然のことながら、マーケット部署とのつながりが強くなっていき、豊島君は自然な成り行きとして支店の金融機関営業からマーケット部門に移ることになった。

資金証券部で豊島君が初めに担当したのは、日本国債現物取引のボンドトレーダーで、次に担当したのが日本国債先物取引のディーラーだった。前者は、地銀などで日本国債の売買をしている部署に電話をしてそのときのマーケットプライスで国債を買ってもらう仕事で、後者は日本国債先物取引を行っている東京証券取引所に場電という直通電話を通じて直接売り買いの注文を行い、売買収益を上げるという仕事である。

当時、資金証券部市場証券課には小泉昭展課長という天才的なディーラーがいて、日本のディーリング界を牛耳っていた。その小泉課長の下で、豊島君は1日に何千億円という額の日本国債先物取引の売買注文を出して取引を行った。1日の損益が何千万円単位で動く職場だった。当然、心理的に強い圧迫を受ける。

明日から債券先物取引のディーリングを担当するようにと言われ、豊島君は小泉課長にいろいろとやり方を聞こうとした。ところが小泉課長は、「豊島さんの好きなように売り買いをしなさい」と言うだけで、何も教えてくれない。相場の世界は徒弟制度のような文化が残っていて、師匠の技を弟子が盗んでいくというような風潮があった。「知りたければ聞くのではなく、技を盗め」ということだ。小泉課長はそう言いたかったのだろう。ちなみに外務省のロシア語翻訳や通訳に関しても、先輩はていねいに教えてくれない。「ロシア語が上達したいならば、ノウハウを尋ねるのではなく、技を盗め」という世界だった。

豊島君は小泉課長に相談することができないので、自分の考えで売り買いを行った。1回の売買が50億円、100億円の単位だったから、1日が終わった時点での損益が数千万円になる。初日は3000万円くらいの損失を出した。翌日は頑張るぞと思って売り買いをしたけれど、損失がさらに増大して累積で5000万円くらいに拡大してしまった。

ある日の豊島君は、ローンを組んで墨田区に購入した自宅マンションの値段と同じくらいの損失を出してしまった。さらにその翌日には、都心の真ん中でもマンションが買えるくらいに損失額が膨らんでしまった。最初の1週間くらいは、不慣れなこともあって連日損失が積み上がっていった。豊島君は、とんでもないことをしてしまったと青ざめたが、小泉課長は平然としているし、豊島君を叱責する気配も見せない。

後に知ったことだが、豊島君が課長の予測と反対の方向に売買をしようとしたときには、課長は豊島君の売買分を上乗せして逆張りで自分の売買を行っていたのだった。例えば、小泉課長がこれから相場が上昇すると思っているときに豊島君が反対の予測をして100億円を売ったとする。課長は自身の買い注文に豊島君が売った100億円を追加して注文していたのだ。豊島君が100億円売ったことで損をしても、課長が100億円上乗せして買っているので豊島君の損は帳消しになるわけだ。小泉課長の予想と同様に豊島君も100億円を買っていれば、2人とも利益を得る。こうして自由に売買をやらせながら、実際にはリスクを回避して豊島君に経験を積ませようとしてくれていたことを後で知った。そのからくりを初めから明かしてしまうと、豊島君が安心してしまい、教育にならない。真剣勝負をしていくなかで、豊島君にディーリングを教えようとしてくれた小泉課長の親心だったのだ。

豊島君はよい上司に恵まれた。もっとも、当時の豊島君は、そんなからくりになっているとは夢にも思っていなかったから、自分のせいで損失がどんどん膨らんでいくし、いつクビになるのではないかと内心ドキドキしながら債券先物ディーリングを続けていたという。

豊島君は、飲み込みが早い。2週目からはそれほどの損失となることがなくなった。ただし、勝ったり負けたりの繰り返しで、1週目の損失を回復するのにはかなりの時間を要することなった。

ディーリング業務は、当時は各銀行や証券会社が近代的な設備の整ったディーリングルームを作り、収益の多寡を争っていた。銀行における一種の花形部署だった。ところが、ディーラーとして成功するには適性が必要で、誰でもそのポジションに就けば収益が上げられるということにはならない。豊島君は、ディーリングをやりながら、相場の世界への適性はないと思ったという。豊島君には完璧主義的なところがあるので、ディーリング部門で最優秀の結果を出せないことに苛立ちを覚えたのだと思う。

約半年のディーラー経験の後、豊島君は同じ資金証券部内の企画課に部内異動した。企画課というのは、日債銀の本部ではどの部にもある部署で、「企画」というと聞こえはいいけれど、部内で他の課の分掌に属さない雑多な業務を一手に引き受ける課という表現が一番ふさわしい部署である。外務省では、大臣官房総務課のような部署だ。通常、どの企業や官庁でも、総務担当には頭の回転が速く、柔軟な対応ができる人が選ばれる。日債銀の資金証券部の場合、部長の秘書的な役割も担っているし、年度計画や中期計画などの立案も担当する。また、予算管理、業務推進などを遂行する傍らで、庶務的な仕事も守備範囲としている。要するに何でも屋的な役割であり、何の脈絡もなくボールが前後左右から飛んでくる。そのボールを的確にキャッチしてはタイミングを失することなく適切な相手に投げ返すことが豊島君の主な役割となった。

企画課では、新たに金融商品として登場することになったＣＰ（コマーシャルペーパー）の行内での取り扱い手続きを定めたり、各支店が販売するマーケット商品の販売目標を定めたり、といった業務に豊島君は従事した。仕事をするうちに、豊島君はディーラーになるよりも企画業務を担当することに適性があると思うようになったという。

## 尊敬できる上司との出会い

企画課で3年半くらい勤務した後、豊島君は3番目の職場である総合システム部に異動した。資金証券部の企画課時代、豊島君はシステム部門に債券ディーリングシステムの構築を強く働きかけた。恐らく「そんなに言うのだったらシステム部門に移って自分でやってみろ」と思った上司がいたのだろう。豊島君はマーケット部門からシステム部門に異動となり、システム開発を通じてマーケット部門を支えることになった。

豊島君はこの総合システム部で初めて班長に任命されて、管理職の一員となった。同期で最も早い昇進だった。このときの総合システム部長だったのが、添田宏夫氏だ。豊島君は、「添田部長は、これまで私が仕えてきたすべての上司のなかで最も尊敬する人物であり、常に添田さんのようになりたいと思って仕事をしてきた」と回想する。詳しくは追って説明することになるが、日債銀の経営状態が危機に陥ったときに、添田氏は総合システム部長から総合企画部長という銀行経営の要の部署に異動し、その後常務になった。添田氏は、日債銀が窮地から脱出するために全力を尽くした。しかしその努力も報われず、日債銀は経営破綻と認定されて国の特別管理となり、添田常務は東京地検特捜部に逮捕された。

添田氏は、釈放された後に肺炎を発症し、2003(平成15)年9月26日に55歳の若さで死去した。豊島君も9月30日午後1時半から、四谷の聖イグナチオ教会にて行われた葬儀に参列した。日債銀の後継銀行であるあおぞら銀行の現在の本店は、聖イグナチオ教会から程近い、上智大学の構内にある。しかし、そのような未来が待っていようとは、管理職になったばかりの豊島君は知る由《よし》もなかった。

添田部長は饒舌《じょうぜつ》ではなかったが、胆力があった。仕事に関しては厳しかったが、一生懸命仕事に取り組んでいる部下の苦労をよく理解してくれた。豊島君に対しても、いつも敬語を使って話したという。ユーザー部門の部長が自分の部の都合だけを考えて理不尽なシステム化要求をしてくることがある。開発資源には限りがあるので、システム部門は銀行全体のバランスを考えながら取捨選択をしてシステム開発を進めている。ところがユーザー部門ではそんなことはお構いなしに、自分たちの開発を優先させろと要求してくる。豊島君としては、相手が部長なのでその要望を頑として撥《は》ねのけにくい。そういうときには添田部長が毅然とした態度で要求を拒絶してくれた。

開発を進めていく過程で工数が膨らんでしまい、当初計画し承認を得ていたコスト内では開発が収まらない懸念が生じてきた。開発途中で予算追加の承認を得ることはとても難しい。このあたりは、日債銀の文化は官庁に近い。豊島君が添田部長に相談したところ、その工数増加が怠慢や過失によるものではなくて、止むを得ない事情によるものであったことを理解してくれた。「正々堂々と増額要求をしましょう」と添田部長は豊島君に伝えた。予算が超過することを厳しく追及し承認を拒絶している役員に対して、添田部長は、「じゃあこのプロジェクトをここで中止にしますか？　わずかな予算超過のためにプロジェクト全体を中止にしてもよろしいですね？」と凄《すご》んで、予算増額を認めさせた。タフネゴシエーターだった。

添田氏は、仕事では厳しいけれど、部下との懇親会などにも気さくに参加してくれた。懇親会が終わった後に、添田部長を交えて神楽坂のゲームセンターで遊んだこともある。ＵＦＯキャッチャーなどのゲームを部長ともども楽しんだのち、最後にボクシングのパンチングボールを思い切り殴って誰が一番パンチが強いかを競うゲームにみんなで挑戦した。その結果、参加者7名のなかで一番パンチが強かったのが、添田部長だった。参加者のなかには屈強の大男もいたけれど、添田部長には敵わなかった。部長には頭だけでなく腕力でも敵わないことが判明して、一同はぐうの音も出なかった。

システム部門は縁の下の力持ち的要素が強い部署だ。うまくいって当たり前で、オンラインが止まったりプロジェクトが遅延したりすればすぐにやり玉に挙げられるという過酷な環境に常にさらされていた。豊島君の自己認識では「僕は上司の人となりを見て仕事をするタイプだった」と言う。この上司のためならと思う上司だったら、損得勘定などは一切度外視してその上司のためにいい仕事をしようと努めた。反対にこんな上司のために働くのかと思ったら、梃子《てこ》でも動かないところがあった。このあたりは、外務省での私の態度とよく似ている。豊島君は、添田部長を心の底から尊敬していたので、与えられたシステム開発の仕事に全力を傾注した。

支店での営業経験、相場商品を扱うマーケットでの経験があったものの、システムの仕事にはまた特別な難しさがあった。文系出身の豊島君はコンピューターに関する知識はほとんど持っていなかった。浦高で数Ⅲまで勉強したはずなのに、卒業後15年弱で、もうすっかり感覚が鈍っていた。慣れない分野に配属になり、最初のうちは果たして役に立つような仕事ができるのかと不安が先に立った。毎日仕事が終わって自宅のマンションに帰ってくる度に、エレベータの階数ボタンを押しながら、今日も何とか無事に仕事を終えることができたとホッとため息をついていたという。「システムにはまったく素人だったが、マーケット部門の開発班長として任務を遂行することができたのは、添田部長の支援に加え、優秀でやる気のある部下たちと、熟練した技術を持ったシステム子会社（日債銀総合システム〔ＮＣＳ〕）の人たちのお蔭だった」と豊島君は懐かしそうに述べていた。

## 子どもとの関係は……

豊島君がマーケット部門からシステム部門に在籍している時期に子どもができた。長女の有紗《ありさ》さんは、１９８９（平成元）年9月10日に生まれた。豊島君が30歳、夫人が29歳のときのことだ。結婚してからしばらくの間は2人の生活を楽しみたいとの思いがあったが、30歳を目前にしてそろそろ子どもがほしいと思い始めてから、なかなか子どもができなかった。奥さんが不妊治療で評判のいい病院を探して予約を取り診察に行き、現在の状況を確認するための検査をした結果、その場で妊娠していることがわかった。病院には子どもがほしい女性たちがたくさん来ていた。そんななかで自分だけが妊娠していることがわかって、うれしいような、申し訳ないような、複雑な気持ちだったと奥さんは豊島君に述べたそうだ。有紗さんが生まれたのは浅草の浅草寺の北にある浅草植村医院という小さな個人病院で、昔ながらの産婦人科医の先生がやっていた。9月10日は日曜日で、豊島君は家にいた。豊島君が仕事に行っていて、奥さんが1人のときに陣痛が始まる事態を恐れていたのだが、運よく休日だった。こういう日を選んで生まれてきてくれた娘に2人で感謝をしたという。

朝から陣痛が始まり、豊島君は急いでタクシーを捕まえて浅草まで奥さんを連れて行った。ところが医師からは、「まだしばらく出て来ないから、一度家に帰って、もっと陣痛が激しくなってから来るように」と言われたので、一旦家に帰った。夕方、再度、病院に行って、出産の準備を始めた。一緒に傍にいて力づけようと思ったけれど、こういうときに男は何も出来ない。出産が深夜に及びそうとのことで、看護師から「男はいても役に立たないから家に帰っていなさい」と言われ、またしても帰宅を促された。

自宅で待っていると、夜の10時近くになって、無事に女の子が生まれたとの電話が直接奥さんからかかってきた。元気そうな奥さんの声を聞いて豊島君は安心した。

娘に初めて会ったのは、翌日の朝のことだった。

名前を有紗とした。姓名判断の本をたくさん買って来て字画などをあれこれ考えたけれど、最後は「ありさ」という音の響きと「有紗」という漢字の印象が気に入って決めた。健康に育って、素敵な恋愛をして、幸せな人生を歩んでほしいと心から願った。その当時、住んでいたのは東京都墨田区東向島の新築マンションだったが、子どもが生まれたらもっと緑の多い土地に引っ越したいとの奥さんの希望もあり、長女が生まれた直後に、横浜市港北区のマンションに引っ越した。豊島君一家は現在もこのマンションに住んでいる。

1990（平成2）年9月、私はモスクワの日本大使館に勤務して、丸3年が過ぎたところだ。官職は三等書記官になっていた。担当は、ソ連の民族問題だった。トランスコーカサスのアルメニア・アゼルバイジャン紛争に加え、沿バルトのエストニア、ラトビア、リトアニアがソ連からの分離傾向を強めていた。そのため、沿バルト三国関係者と頻繁に接触し、現地に出張するようになった。私は、リトアニアの分離独立傾向が最も強く、ソ連崩壊の鍵を握るのは、ビリニュス（リトアニアの首都）の独立派政権であると考え、独立派とソ連派の双方に人脈を作った。モスクワでは、ゴルバチョフ大統領がトップであるソ連政府と、エリツィン・ロシア最高会議議長に率いられた民主派との対立が深刻になった。数十万人単位の反政府デモがクレムリンのすぐそばで行われるようになった。物資が極端に不足し、砂糖は配給券がなくては買えなくなった。また、協同組合という建前で、部分的に資本主義的経営が認められるようになり、国営レストランの数倍の値段だが、サービスと味が良い協同組合カフェが流行した。国民の貧富の差が開き始めていた。新聞、雑誌などの公開情報の翻訳から、学者や政治家、官僚、民族運動活動家と接触し、情報を収集する活動に仕事がシフトしていった。歴史の動きを感じる仕事に従事でき、充実した毎日を送っていた。

豊島君の長男の宗一郎《そういちろう》君は、1993（平成5）年7月30日に生まれた。豊島君も奥さんも33歳のときのことだった。有紗さん1人では寂しいだろうとの思いもあり、2人目の子どもがほしいと思っていたところ、今度は比較的すぐに2人目の子を授かることができた。このとき、豊島君はすでに総合システム部で働いていた。お昼過ぎに奥さんから陣痛が始まったとの電話連絡があったが、長女の前例があったので生まれてくるのはもう少し後の時間だろうと思っていた。仕事を終えてから病院に駆け付ければ十分間に合うと思っていたのだが、その予想に反して、夕方には生まれたとの連絡が入った。豊島君は急いで帰宅した。長女を奥さんが向かいのマンションの友人宅に預けていたので引き取り、2人で綱島の石田産婦人科に向かった。そこで初めての対面となった。

名前は、本田宗一郎の名前をそのままもらった。本田宗一郎のように、確かな技術を背景として、既存の発想にとらわれずに常に新しいアイデアをもって未来を切り拓いていってほしいとの想いがあったからだ。「そういちろう」という音も呼びやすくて、男の子が生まれたなら宗一郎にしようと決めていたという。

1993年7月末、私のモスクワ勤務は、6年になっていた。外務省の通常の人事ローテーションは2、3年なので、極端に長くモスクワに勤務することになった。1991（平成3）年12月にソ連が崩壊し、ロシアをはじめとする15の国家が生まれた。ロシアがソ連の継承国となったので、ソ連の権利義務はすべてロシアが引き受けることになった。私は、ソ連崩壊のシナリオを描き、エリツィン政権初期の最側近だったゲンナジー・ブルブリス「戦略センター」所長に可愛がられた。その人脈から、エリツィン政権の中枢部に食い込むことができた。ロシアでは、エリツィン大統領派とハズブラートフ最高会議議長派の対立が激化し、国家機能が麻痺し始めていた。その中で、北方領土問題が政争の具になった。ブルブリスを通じて、北方領土返還を政権中枢に働きかけるとともに、最高会議の共産党や民族派の国会議員とも人脈を作り、領土問題が政争の具にならないようにする努力をしていた。仕事は面白かった。しかし、私生活はないに等しかった。このように仕事にのめり込んでいったことが、最初の妻との離婚の遠因になったのだと、今では深く反省している。

豊島君にとっても2人の子どもはかわいかった。しかし、2人とも豊島君にはあまり懐かず、お母さんを頼りにしていたという。子どもたちの幼い頃と豊島君の仕事が一番忙しかった時期とが重なっていて、夜も遅かったからなかなか子どもたちと顔を合わせる機会がなかったことが影響しているのかもしれない。まだ有紗さんが小さかった頃のことだが、奥さんが吉祥寺のケーキ教室に通っていたことがある。一緒に吉祥寺まで行き、そこで有紗さんが乗ったバギーを豊島君が受け取り、奥さんはケーキ教室に向かう。奥さんの姿が娘の視界から消えた途端に、もの凄い泣き声が周囲に響き渡る。豊島君はなるべく人がいない井の頭公園などに逃げ込むのだが、有紗さんは奥さんがいない間じゅう泣き止まない。豊島君は、自分が人さらいのように周囲の人たちから見られはしないかと気が気でなかったという。「顔を見ればそっくりだから誰も怪しまないわよ」と、ケーキ教室から戻ってきた奥さんは平然としていたが、豊島君にとっては恐怖の時間だった。ちなみに、私は豊島君から奥さんの手製のクッキーとケーキをいただいたことがあるが、プロのパティシエとして通用する腕前だった。

「家内に子育てを任せきっていたのは事実だが、子どもたちが成長していくに従って、次第に家族の中で僕だけが孤立していく傾向が顕著になっていった」と豊島君は少し淋しそうに語った。家族の誕生会をいつやるかとか、クリスマス会の日程をどうするかとか、家の中のことは豊島君のいないうちに奥さんと子どもたちだけで決められた。豊島君と子どもたちとが直接話をする機会はほとんどなく、豊島君が家にいるときでも奥さんと子どもたちだけで会話が成立していたという。もちろん、家族が豊島君のことを無視したり、会話を拒絶したりしたということではなかった。豊島君が話しかければ、奥さんも子どもたちもそれなりに答えてはくれるのだけれど、会話が続かず、気まずい雰囲気が漂ったという。

そういう状況だったので、子どもたちについての情報は奥さんを通じて聞くことが多くなったという。豊島君は家でも自分の趣味の世界に入り込んでいくことが多くなり、ますます子どもたちとの心理的距離が開いていったと思っている。やがて子どもたちが成長して親から離れていく年頃になれば、少しは父親の気持ちもわかってもらえるのではないかとの期待もあったけれど、すでにその年齢に達しているにもかかわらず、相変わらず家の中で自分は孤独のままであると豊島君は言う。

しかし、豊島君は家庭内で孤立しているのではないように私には思える。豊島君が子どもたちに、食事に行こうとか、服を買いに行こうとか誘うと、嫌な顔をせずに父親と共に行動するからだ。野球やサッカーの観戦も親子共通の趣味なので、一緒に観戦している。しかし、夏の祇園祭や秋の紅葉を見に京都に行こうと誘っても、子どもたちは決してついて来ない。子どもたちだけでなく、奥さんも絶対に同行しないそうだ。豊島君にはその理由もわかっている。豊島君は私に「旅行に行くと僕はいつも写真を撮るために歩き回っていて、それに付き合わされるのがたまらないという思いがあるのだろう。それに、混んでいる時期に混んでいるところにわざわざ行くということが、家族にとっては気が知れないことと思えるようだ」と述べていた。趣味の違いについては、家族であっても無理強いはできない。「僕はますます自分の世界に深く入り込んでいき、家族はそんな僕の自由を認めていたということなのだろう。それでも、子どもたちが親になれば、多少は僕の気持ちもわかってくれるのではないかと、いまだに望みを捨てずにいる」と豊島君は言う。この本を読めば、有紗さんも宗一郎君も豊島君の想いを理解すると私は信じている。子に人生の持ち時間が少なくなった父の想いを伝えるということも、私が豊島君とこの本を作る大きな動機である。

## 7 経営破綻

その後、豊島君は銀行員としてのキャリアを順調に歩んでいった。そして、日本社会はバブル経済の渦に巻き込まれていく。銀行はこの渦の中心に位置していた。１９９０年頃を頂点としたバブルがはじけ、日本経済はいつ果てるとも知れない闇の中で迷走していた。次第に銀行を取り巻く環境そのものに厚く暗い雲が立ち込めるようになってきた。

銀行業界にも不良債権という大きな足枷《あしかせ》が発生して、健全な経営を大きく妨げる要因となっていた。その中で、日債銀も嵐に見舞われた。あれだけ盤石と思われていた銀行経営にも綻びが生じて、ついに１９９７年11月に北海道拓殖銀行が、翌１９９８年10月には日本長期信用銀行が経営破綻と認定され、政府が定めた特別公的管理の枠組みに組み入れられた。

北拓が特別公的管理となって以降、「次に破綻する銀行はどこだ」とマスコミが興味本位でおもしろおかしく騒ぎ立てた。長信銀3行で最も後発で、顧客基盤も弱い日債銀は格好のマスコミの攻撃材料にされた。

日債銀の株価は下降の一途を辿っていた。他行の株も一様に下がってはいたけれど、日債銀株の下落ぶりと比べるとまだましだった。日債銀を標的とした批判記事が出るから株価が下がる。株価が下がるとそのことをまた新聞が書きたてる。それを見た投資家がさらに日債銀株を売る。まさに悪循環だった。このときにその標的となった日債銀の中にいて、豊島君が強く感じたことは、一度マスコミに対して弱みを見せるとマスコミは一気呵成《いっきかせい》に徹底してその弱みを追及してくるということだった。「自然の中の動物の世界で、病気や怪我などによって弱った1頭が発生すると、その群れの動物たちを狙っていたライオンやヒョウは、弱ったその1頭に照準を定め集中的に攻撃して倒そうとする。当時の日債銀はまさに、銀行という動物の群れのなかで身動きが取りにくくなり群れから離脱しかけていた銀行だった」と豊島君は回想する。

鈴木宗男事件のとき、私はマスコミに対して弱みを見せたことはない。また、外務官僚という動物の群れの中で、弱っていたわけでもない。しかし、それまで「浮くも沈むも鈴木先生と一緒です」と言って、鈴木宗男氏に依存していた外務官僚が次々と宗男攻撃に転じる中で、私はその流れに乗らなかった。理由は簡単だ。そういうことは人の道に外れていると思ったからだ。その結果、私は群れから放り出されかけていた。検察もマスコミも私が弱い動物で、私を叩けば鈴木氏に繋がる悪事が露見すると期待していた。メディアスクラムの恐さを私は実体験することになった。

豊島君は、「連日、悪意に満ちたマスコミの報道に晒《さら》された。『日債銀は単独では生き残れない』などと勝手に決めつけられて、いろいろな銀行との合併話が報じられたこともあった。内部にいるからわかるのだが、そのときに報道されていることの大部分は不正確な憶測に基づく記事であったり、単なる噂話をおもしろおかしく脚色したものだった」と回想する。しかし、新聞の報道を読んだ一般の読者たちはその内容を信じてしまう。それを週刊誌やテレビのワイドショーが煽《あお》る。豊島君たちはマスコミの報道によって実態以上に、より窮地に追い詰められていった。

このとき初めて、豊島君は日本社会の仕組みの恐ろしさを感じた。結局は、誰か犠牲者を作らないとこの攻撃は終わらないのだ。鈴木宗男疑惑のときもそうだった。私や鈴木氏が東京地検特捜部に逮捕されないと、国民感情が収まらなかった。

「僕たちは一丸となって戦った。誰と戦ったのかはわからない。政府と？　マスコミと？　社会の仕組みと？　あるいはそれらのすべてであったかもしれない」と豊島君は自問するが、答えは見つからない。

豊島君が所属していたシステム部門は経営の中枢からはやや距離がある部署だった。入っている建物も、本店の隣に建てられた別のビルや府中市にあるコンピューターセンターだった。本部での緊迫したやり取りについて正確な情報が入ってこない。ただしシステム部門は１００人くらいの要員を抱えていたので、何かあったときの物量作戦要員としては常に真っ先に協力を要請される立場にあった。

このときに豊島君たちが最も恐れていたのが、資金繰りがつかなくなることによる倒産だった。世間で散々騒がれているから、日債銀を信用してお金を出してくれる人が少なくなっている。マーケット部門が中心になって、インターバンク市場からオーバーナイトの資金を掻き集めた。短資会社に依頼して、保有している国債や株式を担保にして短い資金を融通してもらった。東京の短資会社だけでは間に合わなくなって、大阪の短資会社にまで依頼の輪を拡げていく。豊島君たちは文字通り全行一丸となって、資金調達に奔走した。大阪の短資会社から資金を得るために大量の国債や株式の現物を大きなジュラルミンのケースに入れて大阪まで持って行かなければならない。そんなときにはよく、システム部門の若い人間が使われた。銀行が生きるか死ぬかのときだから、みんな文句一つ言うこともなく当然の任務として出かけていく。

大方のマスコミの予想に反して、日債銀よりも長銀が先に経営破綻となってしまった背景には、日債銀がどんなことをしてでも資金繰り破綻を起こさせないと強い意志を持って努力していたことが大きかった、と豊島君は思っている。

長銀は、興銀に次ぐ二番手だ。かつての日本航空に対する全日本空輸のように、二番手の企業にはアグレッシブさが求められる。経済が上り坂のときは、このアグレッシブな路線が奏効することが多い。ただし、下り坂や危機に直面するとアグレッシブさが弱点になる。ロッキード事件のときの全日空がそうだった。長銀は、いかなる方法をもってしても資金繰りがショートするような構造に陥っていたのだと思う。三番手の日債銀は、航空会社でいうならば、かつての東亜国内航空のようなものだったのだろう。「いつかは業界トップになってやる」というような二番手企業のアグレッシブさはないかわりに、無理をしていない分だけ、リスクマネジメントはできていたはずだ。その日債銀までが破綻し、幹部が逮捕された背景には、目に見えない大きな力が働いていたとしか思えない。地方の資金を集めて、東京の開発に用いるという長信銀は歴史的使命を終えていた。ただし、興銀、長銀、日債銀というエリート集団を解体することは通常の方法ではできない。大転換を促すときには、「不祥事」をつくり、「犯罪」という形で処理するしかないのである。日債銀事件にしても鈴木宗男事件にしてもこの構造は共通していると私は考えている。もっとも、渦中にいる豊島君にはそんな大きな構造や歴史の流れについて考えている余裕はなかった。

## あの日、何が起こったのか

1998年も押し詰まった12月11日、金曜日のことだった。

昼頃から本部の様子がおかしかった。その日の夕方にNHKニュースで日債銀のことが放送されるらしいという話が聞こえてきた。内容はわからなかったが、そういう情報が断片的にだが伝わってきた。豊島君たちは府中のコンピューターセンターのオフィスにいた。この日は目黒にある日債銀の施設でシステム子会社「日債銀総合システム」（NCS）との忘年会が予定されていた。夕方に仕事を終えて、電車で目黒に移動する予定にしていた。この時点で府中のコンピューターセンターには、深刻な雰囲気はまったくなかったという。それまでも絶えずマスコミからの攻撃に晒されていたから、どうせまた根も葉もない憶測に基づくニュースが放映されるのだろうくらいにしか思っていなかった。

本部からも、そのことについて特段の追加情報は入ってこなかった。今になって振り返ると、本部のごく一部の人たちは正確な情報を得ていたのかもしれない。同じ建物内にいれば尋常でない空気が伝わってきたのかもしれないが、九段下の本部から離れた府中コンピューターセンターにいた豊島君たちは、何も知らずに運命のときを迎えることになる。


18時になった。会議室に設置されたテレビを囲んで、みんなでNHKのニュースを見た。その冒頭で、日債銀が経営破綻したとの情報を聞いた。

「いったいどういうことなのか？　資金繰りは苦しいながらも年内分までは確保しているという話じゃなかったか」と豊島君は思った。経営破綻となる根拠がわからなかった。続く19時のニュースでは、さらに詳しく日債銀の経営破綻のニュースが報じられていた。「これから銀行はどうなってしまうのか。僕たちは会社をクビになるのだろうか」という思いが豊島君の頭をよぎった。他の同僚も同じだったであろう。

明日からの生活のことも心配だった。忘年会どころではなくなってしまったので、ドタキャンだったけれど忘年会はキャンセルした。

豊島君は、もっぱらNHKを情報源としていたが、この日の昼過ぎに、日債銀破綻の情報は、永田町（政界）、霞が関（官界）を駆け巡っていた。11日の「読売新聞」夕刊がスクープしたからだ。

〈日債銀、一時国有化も　監督庁・日銀が検討　不良債権処理急ぐ

◆中央信託と統合円滑化

金融監督庁と日本銀行は十一日、経営再建中の日本債券信用銀行（東郷重興頭取）の抜本的な経営体質の強化を図るため、日債銀を一時国有化（特別公的管理）することを軸に、具体的な対応策の検討に入った。日債銀の意向を確認した上で、週内にも小渕首相の判断を仰ぎ、最終決定する。監督庁は日債銀の不良債権処理はかなり進んでいるものの、有価証券の含み損などを加えると、依然経営実態は厳しいと判断している。日債銀は中央信託銀行との合併交渉を進めているが、監督庁は、中央信託による統合を円滑に進めるためにも、日債銀の経営体質の強化が前提になるとみている。対応策の内容にかかわらず、日債銀の預金や金融債は全額保護される。

日債銀は昨年四月、海外から撤退し、系列ノンバンク三社を自己破産させるなどして経営再建を進め、九九年三月期には七千三百五十億円の不良債権処理を行って処理にメドをつけ、中央信託銀行と合併する方向で交渉している。

しかし、金融監督庁は今年秋に行った日債銀に対する検査で、貸し倒れに備えた引当金の積み方が足りないと判断し、日債銀に詳しい報告を求めていた。

その結果、九九年三月期で三兆二千億円に達すると見込まれる日債銀の問題債権について、なお処理が不十分との最終結論に達したものとみられる。

さらに、日債銀が抱える巨額の不良債権が交渉の妨げとなっているため、一時国有化などの手段で不良債権処理をスムーズに進め、抜本的な経営体質の強化を図る方が得策と判断した模

様だ。

日債銀が特別公的管理に入れば、日本長期信用銀行に続いて二例目となる。ただ、日債銀は現時点で資産内容に問題はないとしており、特別公的管理の申し出は行われず、首相の職権で一時国有化される可能性がある。

また、同行が中央信託銀行との合併交渉を進めてきた経緯を踏まえ、同行をいったん特別公的管理下に置いて不良債権を処理した後、中央信託との合併、子会社化、営業譲渡のいずれかが選択される可能性が強い。今後の調整や首相の判断によっては、特別公的管理に置かずに、中央信託に営業譲渡する案も残されている模様だ。〉（1998年12月11日「読売新聞」夕刊）

実は、私はこのスクープ記事を書いた記者を個人的に知っている。この記事の背景についてこんな話をしたことがある。

「佐藤さん、政治事件と経済事件は本質的に違う。だから経済事件に関しては、報道のタイミングに気を遣《つか》う」

「市場に与える影響を極小にするということか」

「それもある。だから、記事が発表されるのは、金曜日の午後になる。裏付け取材ができたら、すぐに発表したいというのが記者心理だが、社会に与える影響を考えなければならない」

「政治事件だって社会に強い影響を与える」

「それはそうだ。ただし、被害を受ける人の数が違う。鈴木宗男事件という特捜事件に巻き込まれた佐藤さんには申し訳ないけれど、政治事件の場合、直接的な被害が及ぶのは、政治家や官僚とその家族、さらに秘書くらいだ」

「確かにそうだ。巻き込まれた方としてはたまらないが」

「これに対して、経済事件は数百人、数千人の生活に影響を与えることになる。特に銀行の場合、日本経済全体に与える打撃も計り知れない。だから金曜日の午後までスクープを握っていた」

12月11日の「読売新聞」夕刊が「日債銀、一時国有化も」と、初めて国有化に触れるスクープを打ち、翌12日の朝刊で各紙が国有化を一斉に報じた。


豊島君たちは、会議室に集まって、今後のこと、システム部門のことなどを部長以下で話し合った。当然のことながら、みんな呆然としていてまとまった議論になどならない。今後の展望もまったく見えてこない。「とにかくわれわれはシステム部門で働いているのだから、このような事態になったからといって絶対にシステムトラブルを発生させるようなことがあってはならない。こういうときだからこそ、普通のとき以上に気を引き締めてシステムの安全な運行を行わなければならない」というような話をした記憶が豊島君にはある。

暫《しば》く待っていたけれど本部からは特段の指示などもなかった。このときの部長は添田氏からマーケット部門の経験が長かった鳴原健氏に代わっていた。鳴原部長の提案で、「今日はみんな忘年会の予定だったから家に帰っても夕食はないだろう。府中で飲んで帰るか」ということになって、豊島君たちは行きつけの「恵子の店」という安い居酒屋に行った。

この日は特に北風が強く吹きつける日で、寄る辺となる会社が無くなってしまった身にはとりわけ冷たく感じられた。世間の厳しさを思い知らされた思いがした。元々スタート時間が遅かったこともあるけれど、お酒が入ったことでみんながいろいろと不安を口にしているうちに、予想外に時間が経ってしまった。豊島君は、府中本町駅からJR南武線に乗ったものの途中の武蔵中原駅までしか電車がなくて、武蔵中原駅から1時間以上かけて自宅まで歩いて帰った。タクシーに乗ろうと思えば乗れたけれど、倒産した会社の社員が贅沢にタクシーに乗って帰ってはいけないと思った。

「この日の冷たかった北風のことは、けっして忘れない」と豊島君は言う。

## つらいときでも支えてくれる人がいた

翌12月12日の土曜日に、本店で臨時の部店長会が開催された。豊島君は部店長ではなかったので自宅で待機をしていたが、特に会社から呼び出されることもなく、議事内容を気にしながら、どこかに出かける気持ちにもなれなくて、家の中で悶々とした時間を過ごしていた。システム部門は経営の中枢ではなかったので、日債銀の存続が危機に瀕しているこのようなときでも本部に呼ばれることはなかった。何か自分も銀行の役に立ちたいし立たなければならないのに、何もできない無力さを豊島君は痛感した。自分と家族の行く末も心配だったが、日債銀にお金を預けた顧客の不安感を思うとやりきれなくなった。親戚で退職後の資金を日債銀に預けてくれている叔父さんがいた。大切な老後の資金を預けているので叔父さんもさぞかし心配しているだろうと思い、恐る恐る電話をしてみた。

ところがその叔父は電話口で開口一番、「昭彦、お前大丈夫か?」と、豊島君のことを気遣う言葉をかけてくれたのだ。

豊島君は叔父の気遣いがうれしくて、しばらくの間次の言葉を継ぐことができなかった。叔父さんだって自分の購入した債券のことが心配だったに違いない。それにもかかわらず、自分のことよりも豊島君のことを心配してくれた。このとき豊島君は、自分一人で生きているのではないということを実感した。叔父さんに心配をかけないためにも、また叔父さんの期待に応えるためにも、こんなことで負けてはいられないと強く思った。

土日の休みの間中、考えても結論が出ないことにあれこれと考えを巡らせた。自分の力でどうにかなるような問題ではなかった。この先のことがたまらなく不安だったけれど、やみくもに走り出すわけにもいかないので、成り行きに身を任せてじっとしているしかなかった。ずっと家の中に閉じ籠っていたので、日曜日の午後に気晴らしのため家族で横浜に出てみた。出掛けにテレビを何気なく見ると、日債銀の公的管理が正式に決まったとのニュース速報が流れた。すれ違う人たちから蔑《さげす》んだ目で見られているような錯覚を覚えた。街はみな、クリスマス気分一色だった。気晴らしにと思って家を出たのに、かえって気が滅入ることになってしまった。ボーナスが出たら買おうと思っていたジノリのコーヒーカップも、おしゃれをしたいときに着ていこうと思っていたイタリア製のセーターも、なくても命に関わるものではない。結局何も買わずに、豊島君一家は何も楽しまずに家に帰った。

前に新聞記者が述べていたことと重複するが、大きな企業の経営破綻を認定する場合、政府は株式市場などでの混乱を最小限に抑えるために、経営破綻のニュースを金曜日の市場終了後の時間帯に流すことが慣例となっていた。取引をしたくても既にマーケットは終了している。間に土日が入るから、少し冷静な気持ちになることができる。そういうタイミングを見計らって政府はニュースを流す。豊島君もこの土日の時間を利用して、少しだけ気持ちの整理ができたような気がしたという。偶然だが、この週末に豊島君の家で飼育していたハムスターが子どもを産んだ。絶望と不安のどん底に沈んでいるときだったけれど、ハムスターはそんなことなど知る由もなく、何匹かの可憐な子を産んだ。そんなハムスターの営みに心が救われた思いもした。「僕は、命の大切さを思った。どんなときでも前を向いて生きていかなければならない。小さな生き物から僕は、生きる力をもらった」と豊島君は回想する。

週が明けて、12月14日の月曜日になった。朝7時のNHKニュースで、日債銀問題がトップニュースとして取り上げられていた。本店前からの中継もあり、既に出勤する行員の姿が映し出された。まだ豊島君が家にいる時間にすでに本店で働いている同僚たちがいる。あの人たちはきっと、土日を返上したのだろうと思った。豊島君もいつもより少し早く府中のコンピューターセンターに出勤した。府中センター手前のすずかけ公園の芝生が、一面霜で覆われ真っ白になっていた。先週までは黄色い葉をつけていた銀杏の木が、たった2日間で丸坊主の冬景色に変身していた。この土日で日債銀も季節も、大きく流れが変わってしまったように豊島君には思えた。

いつもより早く職場に着いたが、管理職の大半はすでに仕事をしていた。8時40分に部長席の前に全部員が集められ、土曜日の臨時部店長会に出席した鴫原部長から部店長会の様子が報告された。部長は淡々とした口調で話していたが、金融監督庁（現金融庁）が意図を持って日債銀を公的管理下に置こうとした実情が、会長と頭取の言葉を通じて伝わってくる。見えない力に押しつぶされた格好となったことに、改めて悔しさがこみ上げてくる。

行員の雇用は継続されるとの説明を受けたが、給与水準が引き下げられるのは必至だ。住宅ローンを目一杯抱えて、果たして今後、生活していくことができるのだろうかと豊島君は不安になってきた。月曜の朝から部長席の周りにみんなが集まって部長の話に耳を傾けるというのは異様な光景だった。このときの状況が豊島君の記憶に焼き付いている。鴫原部長の話は20分ほど続いた。豊島君は、自分が置かれている立場を再認識した。部長の話を聞き終えて席に戻ると、窓の外に青い空が見えた。何といい天気の一日なのだろうか。それに比べて自分が何と惨めなことか。空しさが豊島君の心に広がった。

予定されていた会議が次々と中止になり、かえって自由な時間ができた。店頭では多くの顧客が押し寄せて混乱しているだろうが、ここ府中のコンピューターセンターは、いつもと変わらない。日債銀が公的管理のもとに置かれたということが頭ではわかっていても、皮膚感覚がついていかない。先週までと変わらずに時間は流れていく。

嬉しかったのは、こんな状況であるにもかかわらず、「頑張りなさい」と債券を買いに来る人たちがいたということだ。それに、某社ではわざわざ日債銀で為替を組んでくれたという話も聞いた。捨てる神あれば拾う神あり。世の中みんなが鬼ばかりではない。希望を捨ててはいけないと豊島君は自分に言い聞かせた。

東京証券取引所一部に上場されていた日債銀株は上場廃止となった。長年の習慣で毎朝会社に行くと、真っ先に「日本経済新聞」を拡げて株式欄を見てしまう。日債銀の前日の株価を確認するためなのだが、先週まであった日債銀の株価欄が消えてなくなっている。自分の会社の株式がなくなってしまったということを実感した瞬間だった。

ちょうど10年前に、日債銀が増資をするとのことで、豊島君は当時の長期プライムレートでお金を借りて日債銀株を購入した。その10年のローンがつい先日満期となり完済したばかりだった。購入するために支払った利息まで含めると、その総額は500万円ほどだった。株式は会社が倒産すると紙切れになるということは学校の社会科の授業で習って知っていたが、まさか自分が持っている唯一の株券が紙切れになってしまうとは夢にも思わなかった。

株式は紙切れになってしまったけれど、幸いにして会社が無くなって路頭に迷うということにはならなかった。日債銀は都銀や長信銀の中では小さい銀行だといっても、全国規模の銀行であり資金量は地銀のそれを凌駕《りょうが》していたから、潰すには影響が大きすぎる銀行だった。ただし、豊島君たちの給料は大幅にカットされた。12月のボーナスは支給済みだったために返還を求められることはなかったけれど、翌年夏からはボーナスも支給されなかった。ボーナスに代わって「精励勤務手当」という名目で、10～15万円程度が支給されるようになった。

特別公的管理となったタイミングで、豊島君はシステム部門内の開発セクションから企画セクションに部内異動となった。マーケット部門時代に企画業務を担当して適性があったことを、上司が覚えていたからだ。当時、人件費もシステム開発費などの物件費も、支出をするには破綻した金融機関の管理を担当する「金融再生委員会」（後に金融庁に統合）という組織に願い出て、承認を得る必要があった。その金融再生委員会のシステムの担当者からは、「あなた方はもうシステム開発をしなくていい。ただ立ち止まっていればいい」と言われ、システム開発の申請をしても全て却下された。

日銀から派遣されてきたという金融再生委員会のシステム担当者は横柄な態度で豊島君たちに接した。「まるで虫けらに対するような扱いだった」と豊島君は言う。金融再生委員会が入っている霞が関ビルディングまで説明に行って、空しく銀行に帰ってくることが多かった。

## 「国策捜査」だった日債銀事件

1999（平成11）年7月23日には日債銀の元会長らが東京地検特捜部と警視庁によって逮

捕された。

〈日債銀前会長ら逮捕　東京地検　警視庁　粉飾決算の疑い

東京地検特捜部と警視庁捜査二課は二十三日、日本債券信用銀行の旧経営陣が昨年三月期決算を粉飾していたとして、同行の前会長窪田弘（六八）、前頭取東郷重興（五五）の両容疑者ら六人を証券取引法違反（有価証券報告書虚偽記載）の疑いで逮捕し、証券取引等監視委員会と合同で各容疑者宅を捜索した。窪田前会長らは、関連会社などに対する回収不能な貸付金を回収可能なように甘く査定し、約八百億円の損失を隠したとされる。経営が破たんした大手銀行トップの刑事責任が問われるのは北海道拓殖銀行、日本長期信用銀行に次いで三行目となる。

日債銀の藤井卓也頭取は同日午後、氏名を特定しないまま元取締役を証取法違反の容疑で告発し、捜査当局はこれを受ける形で強制捜査に着手した。（中略）

調べなどによると、窪田前会長ら旧経営陣は一九九八年三月期決算をまとめるにあたって、系列ノンバンクの関連会社や、一般貸出先などに対する融資について、回収は不可能なのに、償却・引き当てなどの必要な損失処理をせず、同期の未処理損失（赤字）額などを約八百億円過少に偽った有価証券報告書を大蔵省に提出した疑い。

旧経営陣が不良債権を甘く査定していたのは、同行の系列ノンバンクの不良資産受け皿会社で、その後に同行系列の「日債銀モーゲージ」傘下に入った「ＴＨＣグループ」と呼ばれる関連会社のほか、独立系ノンバンクのアポロリースと第一コーポレーションなど計約二十社。捜査当局は、隠された損失額の特定を進めており、粉飾額は今後さらに増える見通しだ。

捜査当局は、九六、九七年三月期と連続して赤字決算だった同行が、①昨年三月に公的資金の注入を受けるため三期連続の赤字を避ける必要があった②実態通り損失処理した場合、債務超過に陥る可能性があった――という事情から破たん回避のために決算を粉飾したとみているようだ。

窪田前会長は大蔵省出身で、国税庁長官などを経て九三年一月に入行。同年六月に頭取に就任し、九六年から会長を兼務した。東郷前頭取は日銀国際局長から九六年五月、日債銀入行。窪田前会長の後を受けて九七年八月、頭取に就任した。二人は昨年十二月、破たんの責任をとって辞任した。〉（1999年7月24日「朝日新聞」朝刊）

前に述べたように、このとき豊島君が尊敬する添田氏も逮捕された。バブルの時代にけじめをつけようとする国策捜査だった。

私は鈴木宗男事件に連座して、東京地検特捜部に逮捕されたときの経験について豊島君に話した。

「僕は、外交官時代、上司から日記は書いたらいけないと言われてた」

「外交秘密が含まれているからだね」

「そうだ。下手なことを書いて、それが表に出ると守秘義務違反になるからだ。東京拘置所に入ってから僕は日記をつけるようになり、その習慣は保釈後から現在に至るまで続いている。しかも、手帳に書いているのと別に、毎日起きたことを事後にメモし、時系列表を残すようになった」

「どうして」

「手帳に書いて、実際キャンセルになった会合があった場合、手帳にそのことを書かないことがある。特捜は手帳に書いていることを物証にするので、それで実際と違う話を作られてしまう危険性があるからだ」

「手帳に書いてあると証拠になるというわけだね」

「そうだ。だから、手帳に書いてあるとキャンセルになった会合であっても、あったことにして、そこで談合したとか、金銭の受け渡しがあったとかいう話を押し込むというのが特捜の得意技だ。だから一番いいのは、正直になることだ。事実をねじ曲げるのは難しい。事実を記録するってことは極めて重要だっていう認識が、逮捕された経験を通じて肌に染みついた。それから、絶対にやってはいけないことは、現金を銀行に入金すること。これは物証になる」

「ログ取ってるからね」

「そう。具体例を話そう。僕が外交官だったとする。僕はモスクワに情報収集のために出張するので、予備費を含め、ATMから70万円引き出した。実際は、それほど金がかからず、40万円が財布に残っている。財布の中にこれだけの金が入ってると落としたらどうしようかと不安になってくる」

「確かに」

「そこでATMに40万円を入金する。その後、京都に出張があって、それでATMから20万円下ろして、そのときも10万円余ったので、銀行口座に戻したとする。そうすると50万円入金した痕跡が残る。検察が、商社員を逮捕して、佐藤に賄賂として、モスクワ出張の前に50万円の賄賂を渡したという調書を作る。佐藤がそれを40万円と10万円に分散入金したという話にすれば、事件化できる」

「つながっちゃうというか、つなげちゃうんだね」

「そういうことだ」

「なるほどな、そういうふうなシナリオを作られちゃうわけだ」

「検察は、『ピタッと数字が合ってる』とか言って。作り話だから、ピタッと合わせるわけだ」

「それは恐ろしいね」

「実に怖い。ただし銀行に入金したという痕跡がないと話は作りにくい。家宅捜索して現金を押収しても証拠にはしにくい」

「いつのときの現金かってわかんないからね」

「そう。だから、逮捕されたときに、特捜はこうやって事件を作っていくんだというのを見たから、金っていうのは全部、入金に関しては色がついてるような形にしないといけないと思うようになった。講演料でも手渡しは全部断って、銀行振り込みにして欲しいと頼む」

「逆にね、証拠を作るわけだね」

「そうだ。あえて痕跡をつけるんだ。その代わり、出のほうはね、クレジットカードを僕はほとんど使わない。食事でもキャッシュで払う。出については痕跡をつけない」

「ああ、そこで邪推をさせないようにするんだね」

「そうだ。食事をした場所が特定されると、その場で謀議があったというような話を作られる可能性があるからだ。出に関しては常にキャッシュで処理するという、そういう習慣をつけておくと、万が一、会合を隠したいっていうときは、領収書をシュレッダーにかけて、経費に算入しなければいい。こうすれば、会ったという事実を隠せるわけだ。クレジットカードで払ってると痕跡がつく。そうするとレシートを廃棄しても、カード払いの痕跡は消せない。だから、その時点においては消す必要ないと思っても、あとから消したほうがいいというのが出てきたときに備えて、現金払いの習慣がついている。なんかね、そういう習性が残っているのは、悲しいことだけどね」

「悲しいね、本当に。もっとも僕はそういうことを心配する必要ないけどね」

「僕も捕まるまでは全然心配してなかった」

「そうだよね」

「逮捕されてからは日記と手帳がとても重要になる。よく、捕まりそうになると、日記とかを焼いたりとか、手帳や書類をシュレッダーにかけたりする人がいる。あれは最悪だよね。要するに、検察に『何でも押し込んでくれ』っていうシグナルを出すことになるから」

「白紙委任状を渡すようなものだ」

「そう、そう。調書を作るときは、被疑者の周辺の5、6人から検察の筋読みにあわせた調書をとればいい」

「ストーリーはいくらでも作れるのか」

「そうだ。手帳がないってことは、それは罪証を湮滅《いんめつ》したいからだと検察官は受け止める。こういうことをするのだから、こいつは犯罪を行ったという心証を検察官が持つ。検察官だけでなく、裁判官も有罪心証を持つ」

「じゃ、手帳は押収されたほうがいいのか」

「基本はそうだ。そこで腹を括らなくてはならないのは、どんな容疑であっても、事実だったらしょうがないと考えることだ。ビジネスパーソンが政治家や官僚に金を渡したっていう事実があるとする。その場合は事実だから認めるしかない。金は渡したが、賄賂ではないと主張するしかない。事実を曲げて検察の追及を逃れようとしても通用しない。ただ、怖いのは、『事実を曲げてでも真実を追及する』という手法を特捜事件では検察がとってくることなんだ。検察にとっての真実があるから。そのためなら若干事実に関しては歪曲することなんか平気だからね」

「検察にとっては『事実』と『真実』は違うというわけか」

「そう。検察にとって事実と真実は違う。以前、元特捜検事で、その後、山口組の弁護をして有名になった田中森一弁護士と突っ込んだ話をしたことがある。彼は検察から目をつけられて、石橋産業事件で逮捕された。『闇社会の守護神』と呼ばれた弁護士だ。彼自身が担当した事実を曲げて真実を追及した事例について教えてくれたことがある」

「どんな話か、面白そうだ」

「どこかの地方公務員の業務上横領事件なんだけれど、その公務員は同性愛者で金を貢いだ相手が男性だった。そのことだけは世間に知られたくないし、妻にも子どもにも知られたくないと言って、泣いて頼み込んできたという。田中氏は『わかった。じゃあ俺が言うとおりに供述するんだ』と言って、架空の女性を作って、彼女に貢いだことにして調書を作った」

「それは温情なのだろうか」

「温情と言うよりも、省エネルギーだったのだと思う。貢いだ先を女性にすれば、被疑者は、検察官が言うなりの調書を作るので、裁判では簡単に有罪にできる」

「男と女を替えるだけだよね」

「そう。男と女を替えるだけで、名前も記さずに架空の女性に貢いだことにした。立証に必要なのは横領の動機なので、別に貢いだ相手の固有名詞なんか要らないわけだ。それで公判が維持できて、本人が認めれば、公判1回で結審する。後は判決を待つだけになる」

「そんなことが可能なんだ」

「可能だ。検察庁は独任制の官庁なので、1人の検察官が1つの役所のようなものだ。検察官は絶大な権限を持っている。さらに、起訴便宜主義といって、検察官だけが、当該事件が起訴するに値する犯罪であるか否かを判断することができる。例えば、贈賄事件でも300万円以上の金を渡した奴だけを起訴することにする。それで、200万円の金を渡した奴を協力者にして、300万円の賄賂を渡した容疑者を起訴できるような調書を作る。『おまえの件はお目こぼしにするから、事実を全部しゃべれ』って言って、話を聞いてから協力者が関わるところだけを枝切りにする」

「へぇー、恐ろしいね」

「実に恐ろしい。起訴便宜主義があるから、犯罪になるかどうかという判断は、検察官が恣意的にできる」

「検察官の判断次第で、いかようにもできる」

「そうだ。犯罪の構造は一緒なのに、金額で区別する。可罰的違法性といって、違法なんだけど、罰を加えるに値するかどうかという判断を検察官がするんだ。300万円だと起訴するが、299万円だと無罪放免ということになったりする」

「300万円とか500万円という線引きは、検察官によって異なるわけだ」

「そういうことだ。だから、罪を犯しているのに起訴されてないのはおかしいじゃないかっていうことを審査するために、検察審査会があるわけだ。いずれにせよ起訴便宜主義は検察官にとって大きな武器だ。警察官は容疑者を捕まえることはできるが、起訴できない。起訴便宜主義と可罰的違法性という道具があるから、検察官の取り調べは、事実上の予審になる。だから起訴されると被告人の99・9パーセントが有罪になるわけだ」

## 窮地に陥ったら「戦線を広げよ」

「日本の司法は予審制でないけれど、実際は検察官が予審判事の役割を果たしているわけだ」

「そういうことになる。ただこういった実態は捕まってみないとわからない。日債銀事件についても、可罰的違法性があると検察官が判断したっていう、それだけの話だよね」

「6人逮捕されたけれど、3人は比較的早く釈放された。それでも7月に逮捕されて4ヵ月ぐらい勾留されていたと思う」

「特捜事件だと、それは短い方だ。鈴木宗男さんは437日、僕は512日勾留された。検察は、迎合的な被疑者を『自動販売機』と言う。供述段階で『自動販売機』になって自白調書を作ると比較的早く保釈がみとめられる。検察官は、『あいつは硬い』『こいつは柔らかい』と言うんだが、自白調書を簡単に取れる容疑者は『柔らかい』、自白調書を取れないと『硬い』ということになる。証拠が揃っていると『柔らかい』、証拠がないものは『硬い』って言うわけだ。『この事件は硬い』が『あの事件は柔らかい』という表現を検察官はよくする。特捜事件に関しては、容疑者は知能犯だから物証は残さないって前提で検察官は取り調べる。重要なことについては物証がない。だから、供述調書が最重要の証拠になる。検察官も裁判官も『自白は証拠の王様』という発想になる。日本の刑事裁判は、刑事訴訟法上は公判での証言と検察官が作成した供述調書だと、公判での証言のほうが上になる。証言は宣誓したうえで行われるから、嘘をついた場合は、偽証罪で告発される可能性があるので証言の方が重いということになる。供述調書においては認めてるんだけど、裁判において証人が供述を翻し、認めないといったこともある」

「よくあるよね」

「その場合、調書の方が採用されるのが通例だ。特信性と言って、証言よりも供述調書のほうが特に信頼できる事情があると裁判官が判断した場合は、調書の内容を真実と認定することができる。実際の裁判では、99パーセント特信性が認められ、検察官が取った調書のほうが証言よりも信用できるってことになるわけだ。だから、裁判において被告人に有利な証言をしてもらっても、それは無駄になる」

「そうなんだ」

「それから被告人は証言することができない。意外とみんな知らないんだけど、証言っていうのは、偽証罪の縛りがかかることだよね。被告人には偽証罪の縛りがかからない。だから、嘘をついても刑事告発されることはない。それだから、あくまでも被告人質問に対する陳述をするだけだ。だから、被告人の言ってることと証人が言ってることがぶつかると、被告人の言ってることが全部却下される」

「嘘をついているかもしれないから」

「そういうことになる。でもこれでは被告人質問をする意味がない。国会の証人喚問でもわかるように、自分自身が刑事責任を追及されるものに関しては黙秘する権利がある。裁判においてもこの原則が適用される。だから裁判所は被告人に偽証罪の縛りがかかる証言にするか、縛りのかからない陳述にするか選択させればいいと思う。そうすれば、被告人と証人の立場が対等になる。国によっては、選択を認めている。日本の場合は選ばせる制度がないから、とにかくこのゲームというのは、入ってしまって被告人になった瞬間において、負けることが全部決まってる」

「だから、99・9パーセント有罪なんだ」

「そういうこと」

「特捜検察に逮捕されて、取り調べをしばらく受けているとそのカラクリがわかるようになる。だから、被疑者は、検察官に迎合して、事件を早く終わらせようとする。どんなに努力しても勝てないから。そうすると、刑事裁判において被告人が勝てないってことは、まともな頭があれば、10日も拘置所にぶち込まれて、刑法と刑事訴訟法を研究すればわかる。刑事裁判はこういう実態になってるのかと。こんなのは、上がりはすべて地獄になっているすごろくだって僕は思った。江戸日本橋から出発して、道はいろいろ分かれてるけど、最後に行き着くのは京都三条大橋だ。特捜事件の場合、閻魔大王を経て、上がりは全て地獄になっている」

「地獄すごろく、か」

「そんなもんだ。これは特捜に捕まった経験のある人にしかわからない」

「ひどいねえ」

「仕方がない。そういうルールのゲームなんだから。こういうときは、インテリジェンスの原則に従うことだ」

「どういうことか」

「鉄則がある。窮地に陥ったら戦線を広げるんだ。即ち裁判においては負けるけども、社会において負けないようにするにはどうしたらいいかということを僕は考えた。そこで、極力実態に近い供述をすることにした。自分の不利になる要素があっても、実態に近い供述をして、その主張を裁判でも貫き通して記録に残しておく。記録と実態を近づける。弁護士は、戦術的に容疑に関しては極力関与していないという姿勢を貫いた方がいいと助言した。『部下が勝手にやったんだ。知りません』と言うよりも『部下から相談を受けたけど、やめろと言った』と実態を話した方が裁判では不利になる。『一切知らない』で通した方がいい。しかし、僕は、記録に正確な実態を残して、それを基にして手記を書こうと考えた」

「それが『国家の罠——外務省のラスプーチンと呼ばれて』になったんだ」

「あの時点では、手記を公刊することまでは考えていなかった。しかし、いつかタイミングを見て、何らかの形で実態を語ろうと思っていた。そのことを通じて社会的に復権するしか残された道はないと思った。そのために、2つの事柄に集中した。第1は、前述したように公判記録を正確に残すことだ。第2は、記憶を整理して、毎日、弁護人に手紙を書いた。裁判に関しては、一・二審で丸めてしまわずに、最高裁まで争うことにした。社会的に復権するためには、わかりやすく闘わなくてはならないと考えた。特に高裁が終わると、被告人は裁判を早く終わりにしたいという強い誘惑にかられる。事実に関する審理は高裁で終わり、憲法違反か判例違反がある場合にしか最高裁の扉は開かない。現実問題として、最高裁の扉が開くことはないから、高裁判決が出た後は、最高裁で2年なり3年なりぶら下げられるわけだ。僕の場合、懲役2年6月だが、4年間の執行猶予が付いた判決だった。最高裁に上告しても、復権が遅れるだけだ。執行猶予期間中は、国にもよるが外国に行けない、教職に就けないなど、制約がある。この時間が無駄に思えてくる。高裁の有罪判決を呑み込んで、4年執行猶予が切れる期間が早くなるっていうことと、筋を通すことの意味を比較衡量したうえで、筋を通して、最高裁まで無罪主張をして、わかりやすくやらないと世論は僕の主張を理解しないと思った。これ以上、審理がなされないのだから、上告しても無駄だから呑み込むという判断をしても、世間からは罪を認めたと受け止められる。だから、最後まで争わなくてはいけないと考えた」

「なるほどね。上告しないと認めたことになっちゃうんだね」

「その通りだ。最高裁によって上告が棄却されて有罪が確定しても、少なくともそれは国家の事情で、僕の認識は異なると主張することができる。もしそうしなかったならば、その後、僕が北方領土問題について発言しても、誰も耳を傾けなかったと思う」

「よくそこまで冷静に先を読むことができたね」

「そういう判断をする際に役に立ったのが、ソ連崩壊のときの経験だ。あのときソ連共産党の幹部で筋を通した人たちの方が、その後、よい人生を送ったのを目の当たりにした。その後、

1993年10月にエリツィン大統領派と議会派の間で、内乱一歩手前の騒擾事件があった。かつてソ連を崩壊させるために命懸けで一緒に戦った人たちの分裂だった。あのとき議会側にいた政治家でも、最後まで筋を通した人の方が結局、よい人生を送ることができた。そういう様子を見たので、検察に逮捕されたときもフニャフニャしない方が自分のためになると思った。生き残る人と生き残れない人を分けるのは、結局のところ、インテリジェンス能力と歴史観の有無だと僕は思っている。モスクワに勤務して歴史的激動を体験していなかったならば、もっと動揺していたと思う。客観的に見て、ソ連崩壊のプロセスと比べれば僕が巻き込まれた鈴木宗男事件はスケールがはるかに小さい」

「でも、そういう経験を人生の教訓にできる人とそうでない人がいる」

「鈴木宗男事件には既視感があった。1991年8月にモスクワでクーデターが起き、それが3日で失敗し、その後、ソ連国家が壊れる過程を目の当たりにした。そこで、さまざまな人間模様を見た。勇ましいやつが急に臆病になったりとか、普段はおとなしい人がすごく肝が据わったりとか。わかんないんだよね、そのときにならないと」

「日債銀が破綻したときもそうだった」

「人間のやることは、どこでもそう大きく変わらない。外務省の元同僚に関して言えば、検察に迎合した人がほとんどだった。一緒に逮捕された部下を僕は心の底から信頼していた。彼は、やってもいない罪を呑み込んで、しかも、佐藤優の指示だと言って僕に被《かぶ》せてきた。しかし、だからといって、彼が悪いという気持ちはまったくない。彼の耐性の限界に達していたということだ。逮捕はされなかったけれど、最後まで検察に対峙した部下もいた。彼女は外務省を辞め、法科大学院に入って、今は弁護士をしている。もう1人、頑張った部下が今の僕の家内だ。家内にしても、当時は、外務省を辞めて僕と結婚するなんていう腹が据わった人だとは思わなかった」

「いざというときになってみないと、その人の本質というのはわかんないんだよねえ」

「そう思う。豊島君だって、ステージ4の膵臓がんの告知を受けても、冷静沈着に行動している。病気に関しても、そのときになんないとわかんない。でも、多分それは、本人の努力で何とかなることではないと思う」

「高校のときの印象からすれば、僕はすごく弱い、臆病な人間だということになる」

「臆病だと思ったことは一度もないよ。豊島君は臆病ではなく慎重なんだ。もっとも、僕は、君にはやりたいことがあって、けっこう野心家だということに気付いていた」

「そうなのかもしれないね」

「臆病だと自分から言う人で、実際に臆病な人はいないからね」

外見の強そうな男がメンタルも強いとは限らない。剛毅《ごうき》朴訥《ぼくとつ》な益荒男《ますらお》タイプが逆境やトラブルに強いとは限らない。普段は温厚で柔和だが一度決めたことはブレない意志の強さ、そして地頭の良さを兼ね備えた豊島君のような人間こそが、どんな修羅場も毅然と乗り越えられるタイプであることを私は経験的に知っている。

逮捕された日債銀の幹部たちも、最後まで筋を通した。その結果、最高裁の扉が開き、有罪判決が高裁に差し戻された。そして、2011（平成23）年の、やり直し裁判で、被告人の無罪が確定した。逮捕から無罪が確定するまで、実に12年かかった。無罪が確定したことを伝える新聞記事を紹介しておく。

〈「国策捜査」自ら幕　日債銀事件　検察側が上告断念

バブル崩壊で破綻した金融機関の経営陣の責任追及は民事・刑事の両面で進められた。民事は昨年末に最後の足利銀行訴訟で終わり、日債銀の刑事事件だけが残っていた。1999年7月の逮捕から12年余り。「国策捜査」を続けてきた検察自らが上告を断念し、幕を引いた。

「心からうれしく思っています。日債銀の再建のために、日本の金融システム安定のために資すると考え、懸命の努力をした」

13日、日本銀行出身の東郷重興・元頭取（68）は無罪確定を知り、報道陣にそんなコメントを出した。「当時の我々の行動が、そして日債銀の皆さんの努力が正しく評価されることを期待したい」

岩城忠男・元副頭取（73）も「晴れてこの日を迎えることができ、喜びはこれに勝るものはない」とコメントした。窪田弘・元会長（80）は健康状態が悪く、コメントはなかった。

無罪確定を受け、3人の弁護団は「金融行政の責任を経営者個人の責任にすり替えたもので、事件に正義はなかった」と指摘。東京地検特捜部の捜査に対し「存在しない会計慣行を創作して強引に立件した。権力行使の態様は異常で、到底許せない」と批判した。

先月30日の東京高裁判決は、旧経営陣の「経営判断の裁量」を幅広く認めて無罪とした。しかし、日債銀の前年に破綻した北海道拓殖銀行の元頭取らに対する特別背任事件では、最高裁が経営裁量を狭く解釈して有罪としていた。

検察内部には「拓銀の判例に違反するのでは」として上告に積極的な声もあったが、最終的には「判例違反にあたるかや、破棄しなければ著しく正義に反するかなどを検討しても、上告の要件を満たさなかった」という。

ある検察幹部はこの日も、「捜査に乗り出し、起訴したことがおかしかったとは思えない。検察と裁判所の役割は違う」と強がった。〉（２０１１年９月14日「朝日新聞」朝刊）

３人は刑事裁判では無罪になったが、12年の時間と、毀損された名誉の回復がなされたとは思えない。人生には、自分の力ではどうすることもできない事柄がある。

## あおぞら銀行とプーチン大統領

さて、話を日債銀の公的管理の時点に戻す。日債銀株の引き受け手として、ソフトバンク、オリックス、東京海上火災保険（現東京海上日動火災保険）の３社が決定し、それぞれの会社から役員が送り込まれて、特別公的管理が終了するとともに新しい銀行の再建が始まった。２００

0（平成12）年9月1日のことだった。

日債銀の公的管理に関しては、私も記憶に残っている。東京のロシア大使館幹部が、私に「クレムリン（ロシア大統領府）から、資本主義国で銀行が国有化されるとはどういうことかについて調査せよという訓令が来ている」と言ってきたので、新聞報道をまとめて伝えた記憶がある。ロシアでは、ソ連崩壊後、雨後の竹の子のようにたくさん銀行ができた。社会主義から資本主義への転換に伴い、ソ連時代の国有財産の分捕り合戦が起きた。この競争で勝利したオリガルヒヤ（寡占資本家）と呼ばれる銀行家が、権力の実体を握るようになった。8人の寡占資本家にロシアの富のほとんどが握られるようになった。大統領府や政府の高官人事も実質的には寡占資本家が握っていた。8人のうち、4人と私は面識を持っていた。そのうちの1人であるスモレンスキーSBS・アグロ銀行会長とは、2ヵ月に1度は会って、意見交換をした。寡占資本家たちの理解を得ないと北方領土問題の解決は不可能だったからだ。

1997年11月にシベリアのクラスノヤルスクで橋本龍太郎首相とエリツィン大統領が会談した。そこで「東京宣言に基づき2000年までに平和条約を締結するように全力を尽くす」という口頭合意が得られた。いわゆる「クラスノヤルスク合意」だ。当初、交渉は順調に進んでいた。しかし、1998年7月の参議院選挙で自民党が大敗した責任を取って、橋本氏は首相を辞めた。翌8月には、ロシアが事実上のデフォルト（債務不履行）を起こした。それとともにエリツィン大統領の健康状態が急速に悪化し、1日3時間しか執務ができないような状態になった。ロシア権力の中枢が分解し始めた。この年の11月に小渕恵三首相がモスクワを訪れ、首脳会談が行われた。しかし、エリツィン大統領は、内政上と健康上の双方の理由で、北方領土問題に関する決断はできないような状態だった。日債銀が公的管理下に置かれた1998年12月時点で、私は2000年までにエリツィンと北方領土問題を解決することは不可能になったと認識していた。そして、エリツィンの後継者に誰がなるかについて詳細な情報を収集することに精力を傾注した。月1回は、モスクワに出張するようになった。当時、妻は京都で大学院に通っていたが、数ヵ月も会わないような状態になっていた。2人で話し合って、1999年9月に協議離婚をした。その後、私はますます仕事にのめり込むようになった。月の残業が300時間を超えるようになった。北方領土問題の解決と引き換えに自分の命を差し出してもいいと思っていた。

1999年12月31日にエリツィンが半年の大統領任期を残して、辞任した。そして、プーチン首相を大統領代行に据えた。エリツィンと寡占資本家は、プーチンを後継大統領に当選させるために、なり振り構わないキャンペーンを展開した。私は、鈴木宗男氏とプーチン大統領の会見をとりつけるべく全力を尽くした。そして、2000年4月4日、モスクワのクレムリンで鈴木氏はプーチンと会談した。3月の大統領選挙で当選した後、プーチンが初めて会った外国政府関係者は鈴木氏だった。このとき私は、テルアビブで行われていた「東と西の間のロシア」というテーマの国際学会に出席していたが、鈴木・プーチン会談に同席するため、テルアビブからモスクワに向かい、再びテルアビブに戻った。小渕首相は4月2日に脳梗塞で倒れ、再起不能の状態に陥っていた。鈴木氏は、次期首相に内定していた森喜朗氏とプーチンの会談日程を4月末に取り付けた。私は、プーチン周辺と人脈を作ることができ、ほっとしていた。また、イスラエルのロシア専門家やインテリジェンス関係者とのネットワークもでき、それを北方領土交渉に活かせるようになっていた。ロシアを担当する外交官としては、充実した日々を送っていた。もっとも、その2年後にこのテルアビブの国際学会への資金捻出を理由に東京地検特捜部から逮捕されることになるとは夢にも思っていなかった。

日債銀の株をソフトバンクら3社が持つようになった2000年9月には、プーチン大統領の公式訪日があった。9月4日の日露首脳会談で、プーチン大統領は、ソ連が日本に平和条約締結後、歯舞諸島と色丹島を引き渡すことを約束した1956（昭和31）年の日ソ共同宣言の有効性を確認した。ゴルバチョフはこの宣言の効力を否定し、エリツィンは首脳会談では明示的に認めなかった。この会談後、日本政府は日ソ共同宣言を基礎に北方領土問題の突破口を開こうとした。だが、ロシア外務省は、日ソ共同宣言の解釈に関して、日露間に違いがあると言い始めた。当時の雰囲気を伝える新聞記事を引用しておく。

〈日ソ56年宣言 二島返還「解釈に違い」 ロシア外務次官 専門家協議を提唱

ロシアのロシュコフ外務次官（対日政策担当）は十一日、日ソ間の国交を回復した一九五六年の日ソ共同宣言の、平和条約締結後に歯舞諸島と色丹島を返還するとうたった規定について、

「宣言の調印直後やそれ以後も、両国には解釈の違いが存在した」と述べ、日ロ双方の専門家レベルで解釈を詰める必要性を指摘した。必ずしも規定通りの返還容認の立場をとらないとの考えを示唆したものとみられ、今後の平和条約交渉でのロシア側の出方が注目される。

共同宣言については、ゴルバチョフ・ソ連大統領が有効性の確認を拒否。エリツィン前大統領が間接的に容認したが、プーチン大統領が今回の訪日で初めて、明示的に宣言を確認した。日本政府側は、二島返還の規定を含めて、ロシア側が態度を明確にしたものと受け止め、歓迎していた。

同次官は、「二島の引き渡し問題で、われわれは困惑していた」と明言。「調印から四十四年がたち、状況の多くが変化した」などと指摘し、「二島返還の部分を中心に、日ロの専門家が宣言の解釈を協議していく必要がある」と述べ、従来の平和条約交渉の枠組みに追加して、宣言解釈をめぐる専門家レベルの折衝を求める可能性を明らかにした。

当時のソ連は、宣言の調印後の六〇年、日米安保条約の改定に反発して、二島返還規定の無効を通告する対日覚書を発した。ロシア外務省内には、今もこの覚書の線を有効とする強硬論があるが、同次官のいう「解釈の違い」が何を指すのかははっきりしない。

次官によると、ロシア政府は大統領の訪日前に五六年宣言についての立場を検討し、「法的な効力が継続している以上、否定することは不可能だ」との結論を出した。これが東京での大統領発言につながったと見られる。だが次官は、同宣言の効力について、戦争状態の終結、外交関係の回復などを挙げただけで、二島返還部分への言及を避けた。

大統領訪日中、日本側から二島返還を軸にした新たな提案が示されたとの報道があったことに対し、次官はこれを明確に否定した。ただ日本政府内には、二島返還規定を足がかりに打開しようとの動きもあることから、今後の交渉を前に日本側をけん制するのが狙いのようだ。〉

（2000年9月12日「朝日新聞」朝刊）

ロシアの意図は、歯舞諸島と色丹島の引き渡しのみで平和条約を締結することだった。そこでロシュコフは、少しハードルをあげてきたのだ。私たちは、1956年の日ソ共同宣言の解釈について協議すれば、歯舞諸島と色丹島の返還は確実に実現できると考えた。問題は、どうやって国後島と択捉島の返還に向けた仕掛けを作るかだ。その道を探るために、私はモスクワに2週間に1回は出張し、クレムリンや議会の要人と非公式な接触を行うようになった。

## 8 再出発《スターティング・オーバー》

日債銀の株をソフトバンク、オリックス、東京海上火災保険が持つことが決まった後、行内には、「変革」と命名された本部横断のプロジェクトチームが組成された。豊島君もシステム部門代表としてそのプロジェクトに参加して、新しい銀行づくりのために意見を出した。日債銀の旧上層部はごっそりと抜けて、新たに外部から来た役員たちと、若手の行員とで新しい銀行づくりについて議論をするのは楽しかったと豊島君は回想する。まるで明治維新に際して、それまでの徳川幕府のお偉いさんたちがいなくなり、薩摩や長州などの若手の下級武士が政府の政治に参加したときのようだと思った。副社長や専務が出席する会議に同席できて、その場で自分たちの意見を発言することができるのは嬉しかった。時の経過とともに、過ぎてしまったことを悔やむのではなく、前を向いて新しい銀行づくりに力を尽くしたいとの気持ちが豊島君には強く湧いてきた。限られた資源を有効に活用して、いかに顧客にとって魅力のある新しい銀行をつくり上げるかに、豊島君たちは奔走した。

2001（平成13）年1月に行名を現在の「あおぞら銀行」に改名し、2003（平成15）年3月には元の本店を売却して九段北から九段南に移転した。新行名の選考過程では難しい漢字のゴツゴツした名前も候補として挙がったが、最終的に親しみやすくて爽《さわ》やかな行名に決まった。愛着のある九段下の交差点の角地を離れることになりとても残念だった。銀行再建のためには売却できる資産は本店を含めすべて売却する方針で、当時銀行が所有していた著名な画家の絵なども二束三文同然の値段で売却された。「今でも九段下の交差点に立って旧本店があった場所に建てられた新しいビルを見るたびに、あのときの悲しい思い出が甦ってくる」と豊島君は言う。

## 「言葉が通じない」上司とどうつきあうか

ただし、豊島君たちの試練は、これで終わらなかった。2003年9月5日に、旧日債銀株を引き受けた3社の日本企業のうちのソフトバンクが、保有していた株式を外資系投資ファンドであるサーベラスに売却したとのニュースが流れた。ソフトバンクの孫正義社長は、あおぞら銀行株を売却した資金を、通信事業に充当する企業戦略を打ち出した。豊島君にとって、44歳にもなってから会社で英語を使わなければならないような状況は想定外だった。学生時代にもっと英語ができていたなら、総合商社だとか外資系の企業だとか、英語を使う仕事に就いていたことだろう。大学を卒業してから22年も経っている。卒業当時ならまだ多少は使えたかもしれない英語が、完全に錆び付いてしまっていた。

CTO（Chief Technology Officer）という新しい役職が作られて、アメリカ人のビル・シュートが着任した。CTOの下で働くIT統括部長として、30歳そこそこのイギリス人であるジョナソン・フレッチャーが就任した。フレッチャー部長が豊島君の直属の上司になった。システムに関してはそれなりに詳しそうだったけれど、フレッチャー部長がどんな経歴の人なのかはわからない。どこかでビル・シュートと知り合い、一緒に仕事をしたことのある仲間なのだろうと豊島君は考えた。

「僕より10歳以上も年下の若者を上司として仰がなければならないことに対して思うところがないわけではなかったけれど、自分たちは一種の敗者であるので、やむを得ないことだと割り切って考えるようにした」と豊島君は言う。しかし、物事には限度がある。豊島君の立場からは、フレッチャーは高慢だしすぐにキレるタイプの人間に映った。そんな人物を部長としてまつり上げなければならないのには忍耐が必要だった。

ＣＴＯは、次々と自分の知り合いの外国人を連れてきては、あおぞら銀行システム部門の要職に就けていった。インド人、トルコ人、アメリカ人……あおぞら銀行は突然、さまざまな民族の坩堝《るつぼ》と化していった。行員だけではなくてシステムベンダーも、ＣＴＯの息がかかった外国人ベンダーがアメリカなどから派遣されてきた。豊島君は企画課長として、それらの外国人たちの受け入れを担当しなければならない立場だった。

突然、上層部が外国人だらけの組織になってしまったものだから、通訳や翻訳スタッフなどをすぐには揃えることができなかった。当面の間は、錆び付いてしまっていた英語でコミュニケーションを図るしかない。これはえらいことになったと思ったけれど、つべこべ言っている暇もなく、とにかくやっていくしかない。豊島君は、暗中模索の世界でもがきながら、必死で自分に与えられた任務を全うしようとした。豊島君の意識の根底には、国や文化が違っても、同じ人間なのだから根本的なところは努力をすればわかりあえるという思いがあった。豊島君は基本的に性善説の立場をとる。だからこのような人間観になる。私はキリスト教徒なので、人間は一人残らず罪を持っていると考える。罪から悪が生まれる。だから性悪説をとる。嫌な人間に対しては、理解しようと努力したりはしない。極力、接点を減らして、そういう人間が視界から消えるようにする。上司と相性が合わないときは、さらにその上か、あるいは外部で上司に影響を与えることが出来る人（外交官の場合、国会議員や新聞記者）を味方にして、上司を徹底的に捻《ひね》る。少し形は異なるが、戦国時代の下克上的な手法を私はよく使った。豊島君とは対極的な仕事のスタイルを私はとっていたのだと思う。

ある海外のベンダーからジョー・デュハメルという大柄な男性が派遣されてきた。豊島君が初めてビジネスで接する外国人だった。彼が執務をするために与えられた部屋には折り畳み椅子が用意されていた。大柄なジョーが腰掛けるにはあまりに窮屈に思えたので、もう少し坐りやすい椅子を持って行って交換してあげたところ、とても喜んでもらえた。ジョーと豊島君との信頼関係は、そこから生まれた。ジョーが明かりも点けない暗い部屋でパソコンに向かっていたことがあった。それでは暗いだろうと思って部屋の明かりを点けてあげたところ、ジョーは、

「豊島さん、やめてくれ（Toyoshima-san, No!）」

と言って身振りでその必要がないことを示した。

これは後から知ったことだが、瞳が青い欧米人は黒い瞳の日本人よりも一般的に明かりに弱く、あの人たちにとって日本の部屋は全般的に眩《まぶ》し過ぎるのだという。親切心でやったことが、迷惑になったという例である。しかし、何事もやってみなければわからない。一つ一つ試行錯誤しながら、でも一緒に仕事をしていくパートナーだから、出来るだけお互いに気持ちよく仕事をすることができるよう、豊島君は努力した。

突然、上司が外国人になって、最初は仕事の仕方が全然違うことで戸惑いの連続だった。あおぞら銀行では金額に応じて決裁権限が下位の職務の人に委譲されていたのだが、外国人が来てからはどんな少額の決裁でもＣＴＯ決裁になった。決裁文書は日本語で作成した後に英訳を依頼して併記する形になった。もちろん、印鑑ではなくて外国人の場合はサインになる。英訳の時間も必要だし、そもそもこの内容についても説明しなければならない。外国人上司が１回で納得するとは限らないので、決裁にはかなり時間がかかった。その分、準備を早めにやらないと必要な時期までに決裁が完了しないことになってしまう。

支払いが滞るようなことがあれば銀行の信用問題になってしまうのだが、そんな論理は外国人上司には通用しない。外国人上司は、時間よりも決裁をすることにより自分に及ぶ責任の方により関心があるので、支払い期限に遅れることになっても自分が納得しなければ絶対にサインをしない。

豊島君たちは、手探り状態で外国人上司の考え方や癖を理解していきながら、可能な限りスムーズに決裁をしてもらえるように行動や考え方を変えていった。どういう事情があったのか、豊島君たち日本人中間管理職には知らされなかったが、短期間に驚くほど多くの外国人がシステム部門に配属となった。毎日、日本に居ながらにして外国旅行をしているような気分だった。豊島君が勤務していた九段の本部だけでなく、府中のコンピューターセンターにも外国人のベンダーが溢れ、京王線の府中駅で外国人がタクシーに乗ると、行き先を告げなくても自動的にあおぞら銀行のコンピューターセンターに連れていってもらえると言われたくらいだった。

## ひたすら耐えるか、人生経験だと前向きに考えるか

豊島君の上司だったフレッチャー部長は、夫人が日本人で本当は日本語もかなり話せるはずなのに、日本人職員に日本語で話しかけることはほとんどなかった。日本人のことをあからさまに悪く言い、馬鹿にしていることが態度から明白だった。しょっちゅう額に青筋を立てて、豊島君は怒鳴られた。「こんな若造が何だ」という思いをぐっと堪《こら》えて、豊島君はフレッチャー部長の罵倒に耐えるしかなかった。

ビル・シュートCTOは着任早々、行員が使う端末をMａｃ端末に置き換えると宣言して、Ｗｉｎｄｏｗｓの端末を次々とMａｃ端末に換えていった。Mａｃ端末は「宝箱」だと宣伝した。たしかにMａｃ端末は、デザイン業界や個人的な趣味の世界で使うには遊び心満載の楽しい端末かもしれないが、ビジネスとして使用するにはあまり適していない。さらに、Mａｃ端

末導入に際してとったＣＴＯのサイバーセキュリティ対策にも脆弱《ぜいじゃく》なところがあると豊島君たちは認識していた。またＭａｃ独自のＯＳを使用するのでこれまでの情報資産を引き継げないリスクもある。端末はＭａｃになっても、実際にはＷｉｎｄｏｗｓのエミュレータ（代替ソフトウェア）を入れて、Ｗｉｎｄｏｗｓ端末として使用する人がほとんどだった。

当然のことながら、ビル・シュートが退任して日本人の西原宏ＣＴＯに代わったときに、端末はＷｉｎｄｏｗｓに再度置き換えられた。府中のコンピューターセンターを莫大な費用をかけて改修したのも、ビル・シュートの発案だった。コンピューターセンターの建物なのに、オフィス階の天井板が取っ払われて天井裏の配管が剝き出しになり、まるでカフェバーのようになった。アメリカ映画に出てくるようなお洒落なデスクが並べられ、壁紙にはたくさんの象が走っている場面や朱色が眩しい神社の写真など、どんなセンスをしているのかと思わせるような奇怪なオフィスになった。

外国人のＣＴＯがシステム部門約３００人（システム子会社を含む）の業績を個別に把握することはできなかった。人事評価は極めて恣意的に進められているように思われた。ＣＴＯや部長の目に留まった少数の人は高い評価を受けるけれど、たいていの人は何をやっているのか彼らにはわからないから総じて低い評価となった。

すべてが試行錯誤だった。以前からの外資の企業であれば、組織的蓄積があるからある程度事前の傾向と対策が可能であり、留意すべき事項などが先輩から後輩に引き継がれていくだろう。しかし、あおぞら銀行の場合にはそういう蓄積が何もないから、一つ一つ試行錯誤の結果を積み重ねていって、蓄積を作っていくしかなかった。

豊島君は、「今からあのときのことを振り返って思うと、本当に大変だった。もう一回同じことをやれと言われても、もう気力がもたないかもしれない。でもそのときには無我夢中だったということもあるけれど、それがつらいとか嫌だという感情には結びつかなかった。やるしかないとの割り切りもあったし、こんな経験は望んでも絶対にできるものではないとの思いもあった」と回想する。ああいう環境を楽しんだとは言えないが、貴重な人生経験と思って豊島君は、試練に耐えた。


「外国人と一緒に仕事をしていてつらかったことは何だったたか」と私は尋ねた。

「いろいろあるけど、一番つらかったのは、重要な情報を教えてもらえなかったことだ」と豊島君は答えた。

あおぞら銀行のことを一番よくわかっているのは豊島君たちだ。豊島君たちを信頼し、うまく使えば、外国人幹部も余計な苦労をせずに自分たちがやりたい仕事を実現することができたはずだ。しかし、そうはならなかった。経営に関する重要な情報やシステム構築に関する構想などは、外国人の間だけで話し合われたり、計画が立てられたりしていて、管理職である豊島君もその内容を知ることがまったくできなかった。目隠しと耳栓をして仕事をさせられるような状態だった。

「お前たち日本人は、余計なことなど考えないで、言われたことだけをしっかりやっていればいい。考えるのは俺たちだ」と言わんばかりの態度で外国人幹部は豊島君たちに接した。外資から乗り込んできた人たちは、豊島君たちを植民地における現地補助員くらいにしか思っていなかったのではないか——そんなふうに見えた。もしかするとこの人たちは、システム的な技術は最先端の高いものを持っていたかもしれない。しかし、表面上は隠そうとしていても、外国人幹部の、日本人職員のことを蔑んだような態度が、言葉や行動の端々に出てしまう。

驚いたのは、ビル・シュートが出席したセミナーの支払い請求が回ってきたときのことだった。正確なタイトルは思い出せないが、「日本人は甘い顔をするとすぐにサボりたがる民族だから、その日本人をいかにサボらせずに仕事をさせるか」といったような趣旨のセミナーだった。こんなセミナーがあること自体が驚きだった。こんなセミナーに出て、民族的偏見を強めていたら、日本人のことを信用することなんて絶対に出来ない。それでいて自分たちは、勤務時間終了前でも平気で帰ってしまったり、アメリカで大きなアメフトの試合があると日中の時間帯にも拘《かかわ》らずCTOの部屋にみんなで集まり歓声を上げながら試合観戦に熱中したりしていた。

気分が乗らないと今日はサインをしないと一方的に宣言をして、どんなに緊急な稟議書があるからと懇願してもサインを拒否したのも、1度や2度ではなかった。

## 大トラブルのときに現れる人の本性

そんななかで、システム部門にとって非常に大きな事件が発生した。

銀行は、日本の経済や私たちの生活を支えている極めて重要な社会インフラである。銀行業務の運営はシステムに依存しており、銀行のコンピューターシステムは金融システムを支える極めて重要な基礎となっている。その銀行システムの根幹をなすオンラインシステムが、突然停止してしまったのだ。システム部門に従事している銀行員にとって、最も起こしてはならない重大なトラブルである。

２００６（平成18）年7月20日の日中のことだった。豊島君は、トラブルが起きたときに府中のコンピューターセンターにいたが、すぐにＮＯＣ（ノック）と呼ばれていた集中監視センターに行き、状況の把握と復旧作業の対応・指示にあたった。原因は俄《にわ》かにはわからなかったが、全国の本支店にあるオンライン端末もＡＴＭもすべて停止しており、全銀協（全国銀行協会）の為替システムとも連携が取れていない状態だった。債券購入などで店頭に来てオペレーションを待っている顧客のことが頭に浮かんだ。ＡＴＭコーナーに来て現金を引き出そうとしたが、突然「取扱停止」の表示が出て戸惑っている顧客の困惑した顔が豊島君の頭に浮かんだ。一刻も早く何とかしなければならない。

こういうときに、外から来てあおぞら銀行のシステムのことを熟知していない外国人の幹部たちは役に立たない。元からシステムの開発と運用に従事しているあおぞら情報システム（ＡＩＳ、元のＮＣＳ）の職員たちの力が必要不可欠である。素早くハードウェアやネットワークの状況を把握し、ソフトウェアから吐き出されるシステムログを分析した。原因はわからないが、オンラインシステムが完全にハングアップしてしまっている状態だ。この事態を打開するためには、それでうまくいくかどうかはわからないが、一度オンラインシステムをリブート（再立ち上げ）してみるしかない。本部にいたＣＴＯに連絡をして許可を得て、豊島君たちはリブート作業を速やかに行った。

その場にいた全員がＮＯＣのモニター画面を見詰める。この時間が豊島君には永遠の時間のように長く感じられた。暫くの沈黙の後、それまで凍り付くように固まっていたモニター画面に変化が現れ、やがてオンラインシステムが動き始めたことを示すステイタス表示が次々と現れ始めた。原因は即座にはわからなかったけれど、とりあえずオンラインが動き始めた。停止してから２時間が経過していた。１分でも１秒でもオンラインを止めてしまったら銀行システムとしては大問題になる。それを２時間も止めてしまったのだから、これは大事故だった。


システム復旧作業を行っている間にも豊島君たちは、不便な状態に置かれた顧客に対する事務処理を他の部門と協議して進めたり、オンラインが停止している事態をホームページ等を通じて顧客に知らせたりした。さらに豊島君は、全銀センター（全国銀行資金決済ネットワークのコンピュータセンター）に連絡してあおぞら銀行との為替の送受信が行えない状態であることを通知し、金融庁への障害発生報告をどのように行うかを総合企画部と協議した。やらなくてはならないことが次々と出てきた。

とりわけ監督官庁である金融庁への報告は銀行にとって重要で、速やかな第一報と、その後のタイムリーな続報が日頃から強く求められていた。オンラインが停止している状態なので、金融庁への報告を行わないという選択肢はあり得なかった。ＣＴＯやＣＴＯ副担当の瀧野弘和常務などの了解を得て、窓口である総合企画部から金融庁に電話で第一報を伝えてもらった。その後、オンライン復旧時にも電話による報告を金融庁に行った。その日の終わりまでに文書による報告が求められた。

　このときに外国人幹部たちがどこにいて何をしていたのか、豊島君の記憶には一切ないという。トラブルの対応が一段落した後は、金融庁への報告をいかに行うかということに作業の焦点が移る。文書による提出だから、後に禍根を残さないような記載内容としなければならない。非常に気を遣う作業である。とは言え、この時点ではまだ原因がわかっていないので、今後の対応などの具体的なことはほとんど書くことができない。今日起こった事実を淡々と時系列で記述して、今後は原因を究明した後に再発防止策を含めて対応策について報告する。その程度の内容とならざるを得ない。そんな大トラブルが発生した日にもかかわらずＣＴＯはすでに帰宅してしまって連絡を取ることができなかった。緊急を要することだし時間が時間で翻訳することも出来なかったため、仕方がないのでＣＴＯ副担当の瀧野常務や総合企画部のラインと相談して、そんな内容で金融庁に紙ベースの報告書をメール送信してもらった。

　それから暫くしてからのことだった。フレッチャー部長が突然ＮＯＣに現れて、「Toyoshima-san come in.（ちょっと来い）」と英語で言って、ＮＯＣの奥にある部屋に連れていかれた。この部屋は、トラブルなどが発生したときに、対策本部として使用する閉ざされた部屋だった。フレッチャー部長の雰囲気でかなり怒っていることがわかる。誰もいない部屋に通されると、フレッチャー部長は一方的に英語で捲《まく》し立てた。青筋を立て顔を真っ赤にしている表情や態度から怒っていることはわかるけれど、英語なので何を怒っているのかさっぱりわからない。さっぱりわからないけれど、フレッチャー部長の言葉の中には、人間として明らかに言ってはいけない内容の言葉が含まれていることを豊島君は直感した。それは、豊島君の人格に関する非難や中傷の部類に属する言葉だった。

言葉が正確にわからなくても悪意は伝わる。フレッチャー部長が怒鳴っている話の内容について最初はよくわからなかったが、次第に豊島君が金融庁に報告をしたことについて詰問していることがわかってきた。もっとも、報告したこと自体を非難しているのか、報告した内容について非難しているのかは、結局わからなかった。

豊島君は、英語で言葉を選びながら、銀行が大きなシステムトラブルを発生させてしまったときには、速やかに金融庁に報告しなければならないこと、報告を怠れば業務改善命令などの厳しい処分が下されることなどをフレッチャー部長に説明した。豊島君は、「たしかに事前に報告内容について上司であるあなたに了解を得なければならなかった落ち度はあるけれど、あなたは銀行全体が危機に面しているときに、所在不明で連絡のつけようがなかったではないか」とも言った。錆び付いていた豊島君の英語がどこまでフレッチャー部長に伝わったかはわからなかった。部長は納得していなかったが、思い切り豊島君に怒声を浴びせて少しは気分が落ち着いたようだった。この件は明日一番で、金融庁に送った報告書を英訳してフレッチャー部長とCTOに見せることで一応の決着を見た。報告書の内容はトラブル時に発生したことの事実のみを記載した淡々とした内容のものだったので、翌日ＣＴＯやフレッチャー部長から再び豊島君が責められることはなかった。

外国人幹部たちは、トラブル発生を奇貨として、豊島君が彼らの悪行を金融庁に報告するのではないかと恐れたのかもしれない。連中がそういうことをする人間たちだからそういうことを思うのではないか。フレッチャー部長らは、日本人行員たちのことを裏で社長に悪しざまに報告していたのかもしれないと豊島君は思った。「あの人たちが陰で何と言おうと、社長に何を告げ口しようと、まったく気にしなかった。いちいちそんなことを気にしていたらきりがない」と当時の心境について豊島君は述べる。豊島君にとって、オンラインシステムが止まってしまったトラブルと、その後フレッチャー部長から怒鳴られたことが、あおぞら銀行で外国人上司たちと仕事をしたなかで、最もつらい出来事だった。

## 4年間の嵐のあとに

このトラブルの後、金融庁検査があった。銀行などの金融機関は免許制だ。免許を受けたことに対する義務として、監督官庁である金融庁から定期的に検査を受けることになっている。銀行にとって金融庁検査は最重要事項だ。ここで検査官の逆鱗に触れるような業務上の著しい不備などが指摘されると、業務改善命令などの厳しい処分の対象になりかねない。豊島君たち日債銀時代からの行員は、深夜残業も休日出勤も厭《いと》わず、検査のための対応を最優先に行うというのが常識だった。今回はCTOやIT統括部長が外国人のため、検査官に提出する事前提出資料をすべて英訳し、前もって説明・了解を得なくてはならない、新たな作業負担が加わった。CTOもIT統括部長も日本の金融行政における金融庁の権限と機能をほとんど理解していなかった。

トラブル発生時もそうだったが、豊島君たちがいくら説明しても、外国人幹部は積極的に理解しようとしない。今回は、部長面談や役員面談も行われる。何か面倒なことが起きるという嫌な予感がした。この予感は、検査の開始に先立って行われるプレヒアリングの場面で現実になった。

プレヒアリングでは、すべての検査官に対し、業務の概要や課題認識などを各本部の部長が説明する。慣例として検査開始日の前に2日間程度設定されるものだった。システム部門にも約1時間の説明時間が設定された。普通は部長が行う説明だが、システム部門の場合は部長が外国人のため、代わりに企画課長の豊島君が説明することになった。元々豊島君が作成した資料なので内容を説明することに問題はなかった。しかし、部長が同席しないわけにはいかない。説明は行わないもののフレッチャー部長も同席することになった。

そのときに、金融庁検査の窓口になっている監査部の部長から事前に豊島君は注意された。「フレッチャー部長は足が長くて会議の場でよく足を組んでいるところを見かける。プレヒアリングの際に検査官の前で足を組んだりしたら最初からいい印象にはならないので、隣にいて足を組みそうになったら何としても君が阻止するように」との内容だった。

日本人の常識だったらけっしてそのような場で足を組むことなどあり得ないことだが、フレッチャー部長ならばやりかねない。外国人にとって足を組むというのは自然な行為かもしれないが、やはり検査の場では適切な行為ではないだろうと豊島君は思った。

プレヒアリングが開始された。豊島君は時々隣を見て、フレッチャー部長が足を組んでいないことを確認しながら説明を行った。ところが説明の最後の段階になったところで、会議の長さに飽き飽きしたのか、突然フレッチャー部長が足を組んでしまった。豊島君は気づいて何とかそれを制しようとしたけれど、時すでに遅かった。検査官も「無礼な奴だ」とは思っただろうが、何も言わなかった。小さな出来事だったが、豊島君は冷や汗をかいた。

プレヒアリングは無事終了し、本検査が始まった。最も苦労したのが、指摘票に対する回答だ。検査であるから「無傷」ということはない。何かしらの指摘を受けることになる。特に今回の場合は、オンラインがストップするという大きなシステム障害を起こした後の検査であるので、当然その原因、対処状況、再発防止策がしっかりと策定され実行されているかなどの観点から厳しくチェックを受けた。その結果、対応状況などについて検査官からの指摘票が出された。トラブルの原因が現行システムとの連携状況などを詳細に検討することなく中身がブラックボックスの外国製品を導入したことによるものであり、今後同様の事象が再発することがないような手立てを講じる必要があるのに、それが不十分であるとの指摘だった。検査官と回答内容（どのような回答をすれば検査官として了解可能か）の擦り合わせをしたうえで、豊島君たちが作成した回答案をCTOのところに持って行くと、まるで自分たちに非があるような回答内容なので承諾できないという。

しかし実際にトラブルを起こしてしまった原因はあおぞら銀行側にあるのだから、そこは謙虚に反省すべきと思うのだが、CTOらは自分たちに責任問題が波及することを恐れているのか、頑としてその要求を受け付けない。

「ではどう答えるのか」と豊島君が尋ねると、CTOから、まったく骨抜きの回答案を渡された。これでは検査官が納得しないと再考を促しても、まったく聞く耳を持たない。仕方がないのでそのまま検査官のところに持って行くと、当然のことだが検査官が怒り出した。深刻なトラブルを発生させてしまったことに対する反省もなければ、検査そのものに対するリスペクトも誠実さもないと映ってしまったのだろう。

「この回答のままだと、検査官として厳しい措置を取らざるを得なくなる。相手が日本人であるか外国人であるかは、検査に関してまったく関係はない」と、検査官からものすごい剣幕で言われた。指摘に対してまともな回答をしなければ、検査忌避として処分を受けるか、または重大なトラブルを起こしたのに改善措置を怠っているとして業務改善命令を出される。いずれにしてもあおぞら銀行にとっては大変に不名誉で、対外的な信用も大きく傷つく事態になる。

豊島君は何度もCTOと検査官の間を往復した。検査官とのやり取りは「検査メモ」を作成して社長まで報告する。また翌朝には前日の検査状況について全役員が出席する報告会で報告をする。この窮地について社長以下全役員が知るところとなった。

最初のうちは、どうして検査官を怒らせる対応をしてしまったのかと、外国人幹部から豊島君に対する非難の発言が集中した。豊島君は根気強く事の経緯を説明し続けた。次第に検査官とのやり取りの真相が外国人の役員の間にも理解されるようになってきた。そのうちに、CTOの態度が軟化してきた。社長や他の役員からもCTOに対して適切なアドバイスがあったのかもしれない。また、何度も検査官とCTOの間を往復してCTOに根気よく説得を続けている間に、「豊島の言う通りにしておけば問題が大きくならず穏便なうちに収束させることができる」ということに気づいたのかもしれない。

最終的には検査官が了解し得る水準の回答に落ち着かせることができた。その後も、何枚かの指摘票を検査官から受けたが、豊島君が作成した回答案に対してCTOが修正の指示を出すことはなかった。

具体的には、こんなことがあったという。検査官がためらいがちに、「こういう表現を使いたいのだが、貴行として果たして了解してもらえるだろうか」と言って、指摘票を示した。そこではあおぞら銀行においては、「○○が不十分である」という表現で結ばれていた。それを読んで豊島君は特に違和感を覚えなかった。「何がご心配なのでしょうか」と豊島君が尋ねると、検査官は、「語感の問題ですけれど、たいていの銀行では『○○が不十分である』という文言を使うと、『○○が十分ではなかった』に変えてほしいという修正要請がくるのです」ということだった。確かに「不十分」と「十分ではない」とでは、「不十分」の方が落ち度が大きいようなニュアンスがある。だからこそ検査官もこの表現に拘《こだわ》るのだろうと豊島君は考えた。検査官の要請に従って「不十分」という言葉を使ったとしても、英語に訳してしまえば表現は変わらない。いちいちCTOに確認するまでのことでもないと考え、豊島君は即答で応諾の意思表示をした。検査官は少し驚いた表情をしたが、豊島君の迅速な決断を歓迎した。検査官は、豊島君がCTOとの間に入って調整に苦労したことを理解したようだった。その後、豊島君と検査官の間には特別な信頼関係が生まれた。

その後、何回か金融庁の検査を受けた。毎回、検査開始時にシステム部門を担当する検査官に挨拶に行くと、「あなたが豊島さんですか」と言われた。「あおぞら銀行に行ったら豊島さんという人がいるから、何でも聞けばいい」と前任の検査官から指示されているとのことだった。検査官と銀行員とは検査をする立場と検査を受ける立場だから、利害関係が対立することが多いし、なかなか信頼関係を築けるということにはならないのが普通だった。ところが、こういう苦しい状況のなかで精一杯のやり取りをしたから、検査官と豊島君の間に共通のプロ意識が生まれたのだと思う。

ビル・シュートのCTO時代は約4年間続いた。CTOが去るとCTOが連れてきた外国人たちは後を追うようにして次々とあおぞら銀行を去っていった。この人たちは、ある日突然、豊島君たちの前に姿を現して、渡り鳥が春になるとどこか他の土地に飛んでいくように、突然、去っていった。後に残ったものは、もうこれ以上混乱させられることはないだろうという安堵の気持ちとMａｃ端末だった。

## 9 堪忍袋

2007（平成19）年4月にビル・シュートの後を受けてCTOに就任したのは、前に少し言及した西原宏氏だった。

人生は悪いことばかりが続くわけではない。悪いことの後にはいいことがくるものだ。豊島君は西原CTOの下で心の平和を取り戻し、充実した時間を過ごすことになった。豊島君は西原CTOの下で、2007年6月に担当部長となり、さらに翌2008年4月にはITコントロール部長（IT統括部長から名称変更）に昇進した。次々とビル・シュートの息のかかった外国人が外部からやってきては、上席に就任していたので自分が部長になることはないだろうと、豊島君は半ば諦めていた。会社に入社したからには社長とまではいかなくても部長まではなりたいと思っていたその目標が、西原CTOのお蔭で達成できたという。

この時点では、まだシンガポール系アメリカ人やインド人が部長として残っているなかで、日本人の部長として豊島君が登用された事実は、あおぞら銀行の方針転換を意味するものだった。西原氏のCTOとしての仕事は、ビル・シュートの後始末から始まった。ビル・シュートCTOは、オンラインが2時間停止したトラブルの原因究明と再発防止策が十分でないままCTOの座を去ってしまったからだった。金融庁からの厳しい追跡が続いていた。西原CTOは強力なリーダーシップを発揮してトラブルの真の原因を特定し、再発防止策を策定した。真の原因がわからない限りは同様の事象がいつまた発生するかわからないリスクが残るので、豊島君たちは安堵した。結局は、あおぞら銀行になってから導入された、アメリカ製の製品にバグがあって、ある特定の場合に既存のオンラインシステムに悪影響を与えていたことが判明したのだった。

日本の銀行は金融庁から非常に厳格なシステム開発手法の実施を求められているので、本番環境で使用する前に厳密なテストを実施する。ところが外国では基準が緩く、まずやってみて問題があればその時点で直せばいいと考える。スピードは確保されるが、信頼性は劣る。文化の差なのか、哲学の差なのかわからないが、日本では絶対に許容されない手法だった。

## 容赦ないリストラに抗《あらが》う

西原CTOの下で新たにシステムのグランドデザインを策定する作業が始まった。日本人に情報を与えず自分たちだけでシステム化を進めていた外国人が去ったことで、豊島君たち日本人専門家がシステムの未来を考えることができる環境が整った。

ようやく落ち着いて仕事ができると思ったが、今度は別の問題が生じた。2009(平成21)年4月に、あおぞら銀行と新生銀行とが合併を検討しているというニュースが駆け巡ったのだ。都市銀行が合併してメガバンクとして再編されている時代に、確固たる経営基盤を持たず規模も小さなあおぞら銀行が、いつまでも合併もしないで単体で生き抜ける時代とは思えなかった。どこかで合併することは避けられない運命にあると思ってはいたけれど、その相手が新生銀行だとなると、とても複雑な思いだった。せっかく外国人のCTOが去って日本人のCTOとなり、自分たちのシステムの将来像を自分たちの力で描いていこうと思っていたのに、今度は合併という外部の力が加わって豊島君たちの進むべき方向性がまたわからなくなってきた。

新生銀行の前身は日本長期信用銀行。長期信用銀行3行のうちの二番手だった。あおぞら銀行も元は日本債券信用銀行という長期信用銀行の三番手だったので、同じ元長信銀同士だから合併させやすいと、銀行の事情を知らない政治家が考えそうなことだった。実際には、新生銀行とあおぞら銀行とでは行風がかなり異なるので、合併による大混乱が生じるのは必至だった。新生銀行は、あおぞら銀行のそれよりもよりアグレッシブで、長信銀3行の二番手として常にトップの日本興業銀行に追いつけ追い越せの精神が行風をつくっていた。消費者金融に積極的に出資したり、店舗からテラー（窓口）を無くしてお客様が店舗内にあるATMから入金を行う仕組みを導入したり、斬新なアイデアで攻めの経営を続けていた。あおぞら銀行は長信銀3行の三番手で、下から追いつかれる危機感がないためであろうか、おっとりとした行風だった。興銀や長銀に追いつこうなどという発想はなく、わが道を歩んでいた。

どちらがいいとか悪いとかということではない。新生銀行とあおぞら銀行では、文化が違いすぎる。しかも、新生銀行のシステム部門はジェイ・デュイベディというインド人が取り仕切っていて、かなり特異なシステム構築を行っていた。システムの統合交渉は最初から難航した。新生銀行は自分たちのシステムの方が新しいし断然優れているのだから、あおぞら銀行のシステムを新生銀行のシステムに合わせればよいと、一方的な主張を繰り返した。自分たちのシステムの方が優れているといわれても、どんなシステムなのかわからないことには判断ができないので、豊島君たちは新生銀行のシステムについて説明を求めた。

ところが新生銀行側は、どうせあおぞら銀行のシステムは新生銀行のシステムに吸収されてシステムの運用もすべて新生銀行が行うことになるのだから、あおぞら銀行の専門家が新生銀行のシステムのことを知る必要はないと主張し、詳しい説明をしない。これでは交渉にならない。まずは両社のシステムの内容をそれぞれ説明してどんなシステムかを双方が理解したうえで、各業務分野ごとにどちらのシステムを使用するかを合理的判断基準で決めていけばいいという豊島君たちの主張に対して、新生銀行は聞く耳を持たなかった。

会社が合併する際には、合併後に自分たちが優位な立場になれるように、合併交渉において主導権争いが行われることはよくあることではあるけれど、これほどまでに露骨で、これほどまでに一方的な主張はあまり例がないのではないか。西原ＣＴＯは必死に理不尽な相手の主張に対して闘った。交渉は英語で行われるため、豊島君はレギュラー出席者にはなれなかったが、交渉に何回か出席していたので、気まずい雰囲気はよくわかった。ほとんど交渉らしい交渉にはならず、何の進展も得られないままに時間だけがむなしく過ぎていった。

このままでは２０１０（平成22）年10月と定めた合併期限に間に合わないとの懸念が出始めた頃のことだった。豊島君たちは、あおぞら銀行と新生銀行との合併が破談になるとの情報を報道で知った。合併の前提として新生銀行とあおぞら銀行とに同時に入っていた金融庁検査で、新生銀行がノンバンクなどへ投じた投資が不良債権として認定され多額の引当金を積み増しせざるを得ない事態に追い込まれており、1対1の比率での合併が困難になったという事情のようであった。合併によってあおぞら銀行を飲み込もうとしていた新生銀行の思惑が大きく崩れた。むしろ、あおぞら銀行が完全に交渉の主導権を握る形になった。

あおぞら銀行は、1対1の株式比率による合併を拒否して、2010年5月14日、新生銀行とあおぞら銀行との合併交渉は正式に解消となった。これまでほとんど交渉らしい交渉を行えず苦慮していた豊島君たちは、ホッとひと息ついた。

西原CTO時代のことであるが、新生銀行との合併交渉とほぼ同時期にシステム部門にとってとても大きな出来事があった。当時の社長だったフェデリコ・J・サカサが、突然、システム子会社であるあおぞら情報システム（AIS）の解散を宣言したのだ。日債銀時代のシステム子会社「日債銀総合システム」（NCS）は、あおぞら銀行に行名が変更になった際に「あおぞら情報システム」（AIS）になっていた。

サカサ社長の宣言に沿う形で、AISの解散が正式に機関決定された。AISはあおぞら銀行のシステム子会社として、従前から緊密な関係を持っていた。銀行システムの根幹をなす勘定系システムもAISが開発した自前のシステムであるし、あおぞら銀行はAISに銀行システムの開発と運用を全面的に依存していた。サカサ社長の主張は、AISの要員は200名もいて多すぎるから、半分に減らして100名を銀行本体に持ってくる。残りの100名は解雇するというリストラ案だった。

サカサ社長が主張する通りの100名の人数で、銀行本体のシステムを維持・メンテナンスしていくことができるのだろうか？　100名の根拠は何なのか？　その点について豊島君は強く疑問を感じた。さらに解雇されるAIS社員100名の将来はどうなるのか？　社長が深く考えているとは思えない。せっかくここまで一緒に頑張ってきたAISの同僚たちに対して、「君たちはもういらないからクビだ」などと言うことはできない。豊島君は悩んだ。

結局、西原CTOの人脈に頼ってAIS社員のうち50人の再就職を斡旋することができた。西原氏は、かねてから面識のあったゆうちょ銀行の間瀬朝久専務（当時）にAIS社員の受け入れを打診した。ゆうちょ銀行は2007年10月の民営化以降システム部門の増強に注力していた時期であり、一定以上の技術水準と経験とを持ったシステム要員の受け入れは、ゆうちょ銀行にとってもメリットがある。西原CTOと間瀬専務との間で大筋の合意を得た後、事務方の折衝と詰めを銀行内では豊島君と経営戦略部担当部長の鑓水英樹氏の2人で担当した。

AISの社員一人一人の人生と将来とがかかっている。責任重大だ。しかも、会社の解散期限までそれほどの日数は残されていない。この交渉が時間切れになってしまえば、あおぞら銀行に転籍する100人以外は全員が路頭に迷うことになってしまう。どのくらいの人数とどのくらいのスキルがあればゆうちょ銀行に受け入れてもらえるのか。給与水準はゆうちょ銀行の水準に従うことになる。その水準はどの程度なのか。受け入れる要員の審査のための手続きをどうするかなど、限られた短い時間の中でゆうちょ銀行の担当者とギリギリの交渉を続けた。

行内では、あおぞら銀行に転籍する人、ゆうちょ銀行に転籍する人、あおぞらグループの外に行ってもらう人の3つのグループに分けることになった。つらい作業だった。リストが出来た後、さらに開発部長と運用部長の意見を採り入れた調整が入る。みんな自分たちの手許に少しでも優秀なメンバーを置いておきたいから、必死だった。

西原CTOは、こんなときに大量の要員を受け入れてもらうゆうちょ銀行の立場も考えて、大局的な観点からゆうちょ銀行にも優秀な人材を持って行こうと苦心した。豊島君も一人でも多くの人をゆうちょ銀行に受け入れてもらえるようにと奔走した。あおぞら銀行本体に転籍できず、ゆうちょ銀行にも受け入れてもらえない人は、自分で次の仕事を探さなければならない。就職支援会社のサポートを受けられることになっていたが、就職事情が厳しい環境のなかだったので、転職はそう簡単なことではなかった。いろいろな人がそれぞれの思惑から自分の意見を主張し合い、その都度3つのリストに記載されている人の名前が入れ替わった。

人生の岐路はほんの些細なことで変わってしまう。

人生において運が占める割合は、意外と多いのかもしれない。その運を味方に付けられたときはいいけれど、そうでないときには自分の力で自分の将来を切り開いていくしかないと豊島君は思った。後に豊島君も、自分の力で自分の将来を切り開いていくという選択をすることになるのだが、この時点ではそんな運命が待っているとは思わなかった。

結局、ゆうちょ銀行に受け入れをお願いする人の数は、50人となった。最初から数ありきで選定したわけではなく、また1番から100番まで実力順に並べて上から50人を採ったわけでもない。それぞれの人にはそれぞれ、担当する分野や得意とする分野があるので、同じ分野の人が重ならないように配慮しながら選《よ》り分けていった結果、実力はあるのに残念ながら選に漏れてしまったという人もいたのである。

ゆうちょ銀行では、一人一人面接をして、本人の能力や適性を見極めたうえで採否を決めてもらった。面接の結果で不合格となれば、その人は残りの人と同様に自力で次の職場を探さなければならないことになる。今まで転職など考えたこともなかった人がほとんどだったので、面接を受けることになった人たちはみな、極度に緊張していた。豊島君は、50人全員の「履歴書」と「経歴書」を事前に提出してもらい、記載内容がアピール性を持ったものになっているかどうか、消極的なことが書かれていたりしないかどうか、誤字脱字がないかどうかなどについて丹念にチェックした。豊島君にできることはそこまでだった。後は面接を受けた人たちが実力通りの受け答えをしてくれて、1人の不合格者を出すこともなく合格してくれることを祈るだけだった。面接の結果は、50人全員が合格となった。

合格した50人がゆうちょ銀行で幸せな生活を送れるかどうかはわからない。ただし、職探しに奔走しなくて済むことになる。同時に、どうしても救うことができなかった残りの50人に対して、豊島君は心の底から申し訳ないと思った。「僕の力が足りないからだ」と豊島君は無力感に襲われた。

ＡＩＳを解散するという政策は、豊島君が決めたことではない。サカサ社長の決断だった。豊島君は、あおぞら銀行に所属している行員の1人として、またＡＩＳの力に支えられているシステム部門の責任者として、あおぞら銀行を代表する気持ちでこの事態の打開に向けて全力で取り組んだ。「あと1人でも2人でも多くの仲間を救いたかった。僕はほんとうにベストを尽くしたのか」と、今も豊島君は反省している。

西原ＣＴＯの時代には、新生銀行との合併交渉とシステム子会社であるＡＩＳの解散という2つの大きな出来事があった。豊島君にとっては、心から尊敬できるＣＴＯの下で自分が持てる力を最大限に発揮できた。部長にも登用された。「今になって振り返ると、あの時期に僕はいちばん充実した幸せな時間を過ごすことができた」と豊島君は私に述べた。

豊島君の今後のキャリアについても西原氏は考えていた。西原氏が退任し、あおぞら銀行を去る日のことだ。豊島君は西原ＣＴＯの部屋に呼ばれた。そこでこんなやりとりがあった。

「社長に豊島を執行役員にしてくれと推薦しておいた」

「私は、執行役員が務まるような器ではありませんが、命じられたならば全力を尽くします」

豊島君は、そう答えたものの、内心では自分が評価されてとても嬉しかった。

## 「お目見え以下」の存在に――耐え忍ぶ

しかし人生において幸せな時間はなかなか長続きしない。西原CTOが退任となり、2010年10月18日付でアイルランド系のノーマン・キングがCTOに就任した。豊島君はその約2ヵ月前の8月に、システム企画を担当するITコントロール部長からシステム開発を担当するアプリケーションマネジメント部（AMD）の部長に転じていた。

他の外国人上司のときと同様に、ノーマンCTOは、自分の腹心の部下を連れてきて、日本人のCTO副担当とITコントロール部長に据えていた。ノーマンの秘書も連れてきた。あおぞら銀行に元からいる行員は、CTOとのアポイントメントを含め、すべてのことは、その秘書の女性を通さなければならなくなった。初めての外国人CTOだったビル・シュートは、利己的なところもあったが、愛想はよかった。フランクに豊島君たちに声をかけてきた。豊島君たちが直接CTOの部屋に行って相談することもできた。ところがノーマン・キングは、ビル・シュートよりも遥かに日本人行員に対する警戒心が強いのか、会議室以外の場で豊島君たちと直接話をする機会がまったくなかった。

相談したいことがあってCTO室に入ろうとすると、秘書の女性がものすごい形相で部屋の入口に立ちはだかり、「私を通して事前にアポを取らない限り、勝手にCTO室に入ってはいけません」と言う。アポを申し入れると、ノーマンからの伝言として秘書から「相談したいことをメールに書いてノーマンとCTO副担当宛に送るように」と言われる。指示通りにメールを送ると日本人のCTO副担当からノーマンの意見や指示が下達されてくる。そういうコミュニケーションになっていた。

江戸時代に身分の低い武士は御家人と呼ばれ、将軍に直接拝謁することが許されなかった。そういう人たちのことを「お目見え以下」と言う。豊島君たちは「お目見え以下」の扱いをされていた。豊島君は、アプリケーションマネジメント部長だ。豊島君の席はガラス張りになっているCTO室の目の前にあるにもかかわらず、ノーマンと直接、会うことができない。こんなことでは上司との信頼関係が築けるわけがない。大事なことであっても、直接相談できないので、的確な判断を仰ぐことができない。上司が心を開いてくれない限りは、相互方向のコミュニケーションは成り立たない。もっと日本人を信じてくれれば、決して悪いことにはならないのにと、豊島君は内心もどかしい思いだった。

他方、ノーマンが豊島君たちに要求することは、週1回の日本人幹部も含めて出席するアップデートミーティングの場で指示を受けたり、CTO副担当を通じて下りてきたりして伝えられる。上から下への一方的なコミュニケーションだった。それでも豊島君は、ノーマンの指示に応えるべく努力を続けた。こちらからの相談にはほとんど乗ってもらえなかったが、ノーマンの指示に対してはきちんと実行することで回答した。こういった一方的な関係の故に、豊島君はストレスを溜めこんだ。

外務省時代に、私は相性の合わない上司とは、接点を極少にした。そうすれば摩擦が少なくなるからだ。もっとも、私が進める仕事は、首相官邸や外務大臣から直接、指示されたものがほとんどだったので、上司も私には極力、触らないように注意していたようだ。だから上司とのストレスはあまりなかった。

ただし、「政治家を使って自分の意思を通す陰険な奴だ」と私のことを嫌っていた上司もいたと思う。人格円満にしていて仕事が頓挫するよりも、多少、周囲との軋轢はあっても北方領土交渉が進む方が国益であると当時の私は考えていた。もっともこういう態度だったので、鈴木宗男事件の渦に私が巻き込まれたとき、外務省は私を守ろうとしなかったのだと思う。自業自得なので仕方ないと思っている。

豊島君は、私と異なり、そりの合わない上司にも忠実に仕える。ノーマン・キングは、毎朝、豊島君の前を通ってCTO室に入っていくのに、豊島君が挨拶をしても反応がない。おそらく、ノーマンの視界に豊島君が入っていないからだ。自分の存在そのものを認めてもらえないのは悲しいことだが、豊島君はノーマンのためにではなく、あおぞら銀行のために仕事をしていると考えることにした。そして、銀行のために必要だと思うことは自分の判断で進めていった。このあたりの独断専行体質は、豊島君と私に共通している。

## 3・11と指名解雇

2011（平成23）年3月11日（金）、午後2時46分のことだった。豊島君は、府中のコンピューターセンターの執務室にいた。いつもとは違う激しい揺れを感じて、部屋を飛び出した。後に東日本大震災と呼ばれるようになる地震が起きた瞬間のことだった。強い揺れがかなり長い時間続いたけれど、コンピューターセンターは非常に堅固な構造物だったから、命の心配はなかった。豊島君たちのビルが倒壊するようなことがあれば周囲のどんなビルも建っていることはできないだろうとの安心感があったので、強い揺れでもうろたえることはなかった。

自分の身の安全を確保した後に速やかにやらなければならないことは、システム安定稼働の維持だった。まずは、運行状況をチェックして被害の状況を把握する必要がある。システム監視をしている集中監視センター（NOC）に行ってみると、東北地方と北海道地方のネットワークが途切れていてオンラインシステムが停止していることがわかった。現地に電話を入れて状況を確認したり、本部と連絡を取ったりして被害状況の把握に努めたが、なかなか電話がつながらずに苦労した。幸いにして仙台支店と札幌支店の従業員や支店の建物などに大きな被害はなかったものの、電気や通信などの生活インフラが停止している状態であることがわかった。支店のシステム復旧作業は、電気と通信が回復しない限りは手の打ちようがない。家に帰ろうにも電車が止まっていたこともあり、結局この日は府中のセンターで一夜を過ごした。

その地震から10日以上が経過した後のことだった。豊島君はCTO副担当に呼ばれ、4月から危機管理室長を引き受けるようにと言われた。今回の地震に対する危機管理対応が十分でなかったため、早急に体制の改善が必要であるとの経営陣の認識となり、そのため危機管理室長として豊島君に白羽の矢が立てられたとのことだった。銀行が破綻した直後に開発担当から企画担当に抜擢されたときもそうだったが、厳しい状況に置かれたときに豊島君は経営者から活用される傾向がある。豊島君に危機管理分野での経験はなかったが、期待に応えて、会社のために全力投球するという決意を新たにした。危機管理室長になって初めてわかったことだが、東日本大震災に関して、日本人職員と外国人幹部の間では、認識が大きく異なっていた。外国人が一番恐れていたのは地震の被害そのものではなくて、原子力発電所が被災したことによる放射能汚染の問題だったのである。

そのときの社長はサカサ社長からブライアン・F・プリンス社長に代わっていた。プリンス社長は放射能汚染により東京が使えなくなる事態を想定して、大阪に本社機能を移転させる方策を本気で考えていた。日本は原子爆弾による唯一の被爆国であり、放射能汚染に対して日本人の方がもっと敏感になっていなければならないのに、外国人の方がより敏感でかつ真剣に考えていることに豊島君は強いショックを受けた。

豊島君たちは放射能から人体を守る防護服や放射線量を測定する線量計などを急ぎ調達して仙台支店に送付し、国内の各支店と原子力発電所との距離や位置関係を調査して原子力発電所が被災した場合の行員の避難ルート策定などの作業を矢継ぎ早に進めていった。また、今回の地震において最も被害を受けた仙台支店長からは、今回の危機管理室の震災対応が適切でなかったことに対する厳しい苦情の申し入れを受けた。豊島君が就任する前の対応とは言え、考慮が足りなかったことやタイムリーな対応に至らなかったことなど、反省すべき点が多々あり、そのことについては今の責任者として心から陳謝し、改善を約束した。仙台に駆け付けて直接支店長と話をしたかったのだけれど、まだ仙台まで行く鉄道が再開しておらず、仙台行きは断念せざるを得なかった。

ノーマン・キングCTOは、システム部門だけでなく危機管理室も担当範囲としていたにもかかわらず、自身の専門であるITとはやや趣を異にしている分野だったこともあるからなのか、豊島君に対する指示はほとんどなかった。

その後、奇妙なことが起きた。豊島君の部下が数人、個別にCTO副担当の部屋に呼ばれ、部屋から出てきた後、そのままどこかへ消えてしまった。いったい何が起こったのか、当初、豊島君はまったくわからなかった。後で本人たちから聞いた話を総合すると、CTO副担当に呼ばれて部屋に入ると、「君はもう今日から会社に出て来なくていい。これからすぐに家に帰りなさい」と言われ、その場で行内ネットワークシステムに入るためのIDカードを取り上げられ強制的に自宅に帰らされたということだった。しかも、「このことは誰にも話してはいけない」と口止めもされた。だから、豊島君に対して何も言わずに帰宅するしかなかったわけだ。

会社都合による一方的な解雇であるから、退職金の割り増しや就職斡旋会社の無料サポートサービスは受けられることになっている。だからといって、突然こんなことをされたら、たとえ今回の対象にならなかった人でも、次にいつ自分が同じような対象にならないとも限らず、腰を落ち着けて仕事ができる環境でなくなってしまう。今回解雇対象となった人を見てみると、将来あおぞら銀行の勘定系システムを担っていくべき優秀なメンバーが多数含まれている。この先、あおぞら銀行の勘定系システムの維持管理に支障を来す可能性がある、リスクの高い人選だった。この人員整理は、CTOとその側近たちだけで決めたことだ。あの人たちは外から来て、あおぞら銀行内部の事情を正確に把握できていないために、的外れな人選になってしまったのだ。コスト削減を声高に宣言しているプリンス社長に対して、ノーマンCTOはシステム部門の人員削減を率先して実践して見せて、社長の歓心を買おうとしたのではないかと豊島君は思った。そんな不純な目的のために、何の理由もなく突然解雇されるのではたまったものではない。豊島君は、ノーマンのやり方に心から腹が立った。豊島君直属の部下も解雇の対象になっていた。そのことについて豊島君は、事前にのみならず事後にも何の説明も受けていない。一般論としても、組織の秩序維持ができなくなる極めて異常な事態だった。

豊島君は、ノーマンCTOの行った仕打ちに対して怒り心頭に発した。そして、突然解雇となった人たちを救うために全力を尽くすことに決めた。

豊島君は、高校時代から口数があまり多くなく、他人と対立することは避ける傾向があった。ただし、自分で「こうだ」と決めると、梃子でも動かないようなところがある。ノーマンの行為は豊島君の逆鱗に触れた。豊島君は、静かに反撃の準備を始めた。

まず、今回の解雇対象となった人たちの状況を正確に把握しなくてはならない。豊島君は、解雇を言い渡された一人一人に自分の携帯からメールを打った。携帯からメールを打ったのは、会社のメールからだと監視されている可能性があるからだ。「今回の件はあまりにも突然のことであり気の毒でならない。ショックが大きいと思うけれど、私の方でも何とか次の職場を探したいと思っているので、落ち着いて行動してほしい」というメッセージを豊島君は送った。

それと同時に、2年前にゆうちょ銀行に行った元ＡＩＳのメンバーに連絡を取って、追加でゆうちょ銀行に入れる余地がないかどうか探った。もちろん豊島君は、誰にも相談せず、秘密裏に行動した。現職の部長である豊島君が、陰でこそこそ解雇された人たちを救うため画策していることがＣＴＯに知れたら、豊島君も解雇されるリスクがある。しかし、そんなことはもはや気にならなかった。豊島君は、有能な部下の生活を守ろうとしているだけなのだけれど、ノーマンにしてみると自分が決めたことに対する反乱と映るだろう。もちろん、自分が解雇されるリスクはあるが、しかし、そのリスクよりも仲間を助けるのが人間として当然の道と思った。だから豊島君は、怯《ひる》むことなく解雇された人々の再就職に向けての行動を続けた。

ゆうちょ銀行側は、2年前のときとは事情が変わっていた。当時は民営化して間もない時期であり、一刻も早く組織を拡大し充実させる必要に迫られていたが、それから2年の間にあおぞら銀行からの50人を含め、中途採用が進み、今はそれほどの切迫感はなかった。もっとも、中途採用を継続的に実施して組織の拡充を進めていたので、通常の中途採用の枠組みの中で希望者に対して面接を実施してもらうことにした。もちろん自分で次の就職先を考えたいという人には強要せず、ゆうちょ銀行に応募したいという人だけ豊島君が窓口となって応募書類を取りまとめ、ゆうちょ銀行に送付した。

そのような背景があったので、今度は応募者全員が合格というわけにはいかず、何人かは不合格となった。残念なことではあったが、できる限りの力は尽くしたと自分に言い聞かせた。

## 50代で退社・転職を決意するとき

解雇される予定の部下たちを何とかゆうちょ銀行に入れようと働きかけているうちに豊島君の心境にも変化が生じてきた。そもそも「お目見え以下」の待遇で、CTOとの間で信頼関係が成り立っていなかったところに今回の突然の部下たちの解雇でその信頼関係にますますヒビが入った。西原前CTOが「社長に豊島を執行役員にしてくれと推薦しておいた」という話も、ノーマンが後任になったことで消えた。

最後に決定打となったのは6月のボーナスの評価だった。豊島君は5段階評価の下から2番目の「2」という評価だった。約30年間の銀行員生活において「2」を受けたのは、初めてのことだった。ノーマンCTO本人からは何の説明もない。代わりにCTO副担当から説明を受けた。今回は危機管理室の人にはみんな「2」を付けたという話だった。東日本大震災発生時の対応が良くないために、銀行全体に大きな混乱を招いてしまったからだ。6月のボーナスの評価というのは、前下期半年間の評価になるから、2010年10月から2011年3月までの評価が反映されたものになる。この間、豊島君はアプリケーションマネジメント部長であって危機管理室長ではなかった。危機管理室長になったのは4月になってからだ。つまり、豊島君の評価は今の危機管理室長としての評価ではなくて、その前のアプリケーションマネジメント部長としての評価でなければならない。不当な仕打ちだ。人事評価というのは会社の命である。公正で公平な人事評価が行われない会社はけっして繁栄することがない。こんな杜撰《ずさん》な評価をされるような会社でいくら頑張ったところで、悲しい気持ちになるだけだと思った。

しかも人事評価を行う際には、期初に作成した「人事評価シート」を使い、期初に立てた目標に対して期末時点での達成度がどうであったかを1項目1項目評価して、その総合評価が最終評価となる仕組みになっている。ところが、ノーマンはそういうルールに則った人事評価を行わず、単なる印象だけで人事評価を行っていたことになる。

これが豊島君の気持ちがあおぞら銀行から離れた決定的な理由だった。

もう少し我慢して待てば、この外国人たちも以前のビル・シュートCTOのときと同じようにやがてあおぞら銀行を去っていくだろうとは思っていた。一方で豊島君もすでに52歳となり、55歳の定年まであと3年を残すのみだった。定年まできっちりと勤め上げてから次の職場に移る――それが自分の人生設計として理想的な展開だと豊島君は思っていた。もっとも、定年退職後に再就職先を探しても今の労働市場ではなかなか売り手の思うようにはならない。

売れるチャンスがあるのなら早く売っておかないと、後からでは売れ残ってしまうリスクが非常に高かった。だから、解雇されたみんなにゆうちょ銀行への就職の道を示した同じタイミングで、豊島君自身も一緒に転職する道を選んだ。

みんなと同じように面接を受け、数日後に内定の連絡をもらった。年収ベースで300万円下がる条件を提示されたが、その金額で応諾した。金の問題ではないと思ったからだ。結果から見ると、豊島君は部下を引き連れて、あおぞら銀行からゆうちょ銀行に移動するという、大反乱を起こしたのだった。

豊島君は、秘書を通じてノーマンCTOに相談の申し入れを行い、退職したい旨を伝えた。さすがにそのときばかりは「前もってメールで相談しろ」とは言われずに、速やかに面会が成立した。CTOは非常に驚いて、しばらく考え込んだ。

「この会社を辞めるのは豊島さんにとっていいことではない。考え直せないのか」とノーマンは言った。豊島君が辞める決意をした原因を作ったのは、今、目の前にいるノーマンその人なのに、本人はそのことにまったく気付いていない。豊島君の決意が固いことを知ったノーマンは、人事部長に相談するようにと言った。人事部の山形昌樹部長に相談すると、彼は豊島君の退職申し出に対しては判断せず、馬場信輔副社長に相談するようにと言った。仕方がないので豊島君は、日本人経営トップの馬場副社長のところに行き、あおぞら銀行を退職したい旨を伝えた。

豊島君とノーマンCTOとの信頼関係は完全に崩れ去っていた。しかし、あおぞら銀行を去るに当たってノーマンのことを悪しざまに言って去るのは下品だと思ったので、黙っていることにした。肝心のことを口にしていないから、山形部長も馬場副社長も豊島君が辞める理由が理解できなかったかもしれない。馬場副社長は、もう1回山形部長に相談するようにと言った。豊島君は副社長の指示に従ってもう一度山形部長と話し合った。しかし結論が変わることはなかった。ただし、退職の時期が1ヵ月遅くなった。11月末で退職のつもりでいたのだが、この時期に金融庁検査が入ることになったことを理由に、12月末まで延ばすことができないかと言われたので、それには応じたのである。ゆうちょ銀行にも相談して12月末でのあおぞら銀行退職が決まった。

後に残された部下たちのことを想うと、自分だけが敵前逃亡するようで、本当に申し訳なかった。送別会も辞退して、こっそりとあおぞら銀行を去るつもりでいたが、それではみんなが許してくれなかった。府中で開催された元ＡＩＳ社員が中心となった送別会には、本当にたくさんの同僚や部下が来てくれた。こんな形であおぞら銀行を去っていくのに、仲間たちが温かい気持ちで送り出してくれる。涙が出るくらいうれしかった。

一般論として、子会社の社員は本社の社員のことを快く思わないものだ。親会社側にそのような意識がなくても、子会社の社員から見ればどうしても親会社の社員の立場が上に見えてしまう。給料も子会社の社員の方が安い。一方で仕事は親会社の社員よりも自分たちの方がやっているとの自負がある。だから表面では業務命令に従いながらも、内心は快く思っていないというのが普通の姿だ。豊島君に対してそういう気持ちを持っている人もいたと思う。しかし、多くの元ＡＩＳの社員が豊島君の送別会に来てくれた。これだけで自分のあおぞら銀行での苦労は十分に報われたと豊島君は思った。

最後に府中のコンピューターセンターを去る日にも、大きな会議室に同僚が集まってくれた。豊島君は一人一人と言葉を交わし、感謝の気持ちを一杯に込めて一人一人と握手をして別れた。みんな力強く手を握り返してくれた。こんないい人たちを残して自分だけ逃げていくようで本当に申し訳なく思った。ＡＩＳが解散となるときに、一人でも多くの社員をゆうちょ銀行に転籍できないかと奔走していた豊島君の姿勢は、正当に評価されていたのだ。ノーマンＣＴＯに突然解雇を言い渡された社員に対しても、自分も解雇されるかもしれない危険を冒してでもすぐに彼らのために動いたことも、きっと心の中でわかってくれていたのだと思う。

豊島君は私に「僕は、あおぞら銀行で、かけがえのない財産を得ることができたと思っている。それは、心から信頼できる仲間たちを得たということだ。親会社の人間なのに、子会社の人たちの仲間として同等に扱ってもらっている」と言った。あおぞら銀行関係者との付き合いは、豊島君がこの銀行を離れてから7年になる今も続いている。

# Ⅳ

# 灯火《ともしび》

## 10 転職はしたけれど

2012（平成24）年1月、豊島君は、ゆうちょ銀行に転職した。

豊島君には頑固なところがある。一度これと決めたら、それを覆すことはしないという性格だ。当初、豊島君は、定年まであおぞら銀行に勤め、それから次の職場に移るということを考えていた。道半ばで転職を選択することになるとは考えていなかった。豊島君が仕事をしていくうえで一番重視していたのは、上司との信頼関係を維持することだった。その根本が完全に崩れてしまっていたので、もはやあおぞら銀行には彼を引き付けておくだけの魅力がなくなった。

銀行だけでなく、どの企業や役所でも、上司を選ぶことはできない。転職を決めるに際して「年齢的な打算が若干、働いたことは否定できない」と豊島君は正直に述べていた。55歳の定年後では再就職の道がより険しくなってしまうので、まだ売れる状態のときに次の道を確保しておきたいと考えたのだという。年齢も年齢だったので、新しい職場に対して過度な期待感を持って転職をしたわけではなかった。より堅実な道として、また自分の経験分野を拡げるという目的から、ゆうちょ銀行に転職した。

私は、鈴木宗男事件に連座し、東京地方検察庁特別捜査部に逮捕、起訴された。無罪を主張したが、2009(平成21)年6月30日、最高裁判所は私の上告を棄却した。これで、懲役2年6月(執行猶予4年)の有罪が確定した。国家公務員法に刑事裁判で禁錮刑以上の刑(執行猶予を含む)が確定した者は、国家公務員の身分を失うという規定がある。この規定に基づいて、私は外務公務員(外交官)の身分を喪失した。刑事裁判で禁錮刑以上の刑が確定すると、役所は該当者を懲戒免職にするのが通例だ。しかし、私は懲戒免職にされなかった。処分も一切受けなかった。そして、定年が来たときと同じような自然失職の扱いになった。ただし、法律の規定に従って、退職金は支給されなかった。

私の場合、外交官から職業作家に転職したが、何となくそうなってしまったに過ぎない。もともと転職に関しては、私は保守的な考えを持っている。総合職や専門職の場合、組織が人を育てるという要素を軽視してはならない。組織には、それぞれ文化がある。組織で戦力になるには10年は必要だ。それは同時に自分が属する組織の文化に染まるということでもある。どの会社や官庁にも「組織の遺伝子」がある。一旦、この遺伝子を身につけると、転職した場合には、異なる「組織の遺伝子」との間で文化摩擦を起こしやすい。このストレスは大きいので転職は勧めない。また、自己都合で転職する場合、年収が下がる。私が見るところ、自己都合による転職の場合、勤務時間と強度が同じならば、大方のケースにおいて年収が3割減少する。

豊島君の場合、年収はそこまで下がらなかったが、あおぞら銀行とゆうちょ銀行の「組織の文化」の差異で悩まされることになる。その結果、ゆうちょ銀行にも定年まで勤めることはできず、もう一度、転職することになる。

話を先に進めすぎたので、元に戻す。

ゆうちょ銀行には、豊島君が橋渡しした50人の元ＡＩＳ社員がいた。同じ銀行という業種のシステム部門だったから、比較的スムーズに新しい職場に入っていくことができるのではないかと考えていたが、しばらくして豊島君はその発想が安易であったことを思い知らされることになる。豊島君がゆうちょ銀行に入って苦労したことは、企業文化の違いと人間関係だった。平たく言えば、ゆうちょ銀行は豊島君の体質と合わない職場だった。

ゆうちょ銀行は、元は郵政省に属する官の組織であったものが、２００７（平成19）年10月に郵政民営化して発足した銀行だった。民営化してからそれなりの年数が経過しているので官の色が薄れ、民間色が次第に強まってきているだろうと想像していたのだが、実態は官の意識が非常に色濃く残っている組織のままだった。組織が細分化していて、その細分化している部門間での縦割り意識が非常に強く、業務の押し付け合いが常態化していた。

豊島君は担当部長という役職でゆうちょ銀行に入った。「担当部長の仕事は組織間で押し付け合いになっている業務を調整してどこかの部署に押し込むことだ」と教えられた。それができない担当部長は無能のレッテルを貼られるのだという。

ゆうちょ銀行に入って豊島君が初めて聞いた言葉に「デマケ」という言葉がある。デマケとは、demarcationという英語の略だ。一般的には境界とか区分という意味で使われている言葉だが、官の世界では「担当部署を決定する」という意味で使われる。あおぞら銀行のときにはデマケという言葉を使うことは一度もなかった。もちろん、新しい業務を行おうとする際にはどこかの部署がその業務を引き受けなければならない。組織間での押し付け合いはどの組織でもあり得る話だ。あおぞら銀行にもそれはあった。しかし、普通に話し合っていくなかで自然と引き受ける部署が決まっていくので、お互いに押し付け合ってにっちもさっちも行かないというような事態になることはなかった。少数の行員しかいない組織なので、そんなことにエネルギーを使っていたら本当にやらなければならない業務ができなくなってしまう現実をみんなが理解していたからだ。

ところが、ゆうちょ銀行に入ってからは、この部署間での仕事の押し付け合いがあちこちで発生している。お互いに自分たちではないと主張して一歩も譲ろうとしないのだ。例えば、新しいサービスを顧客に提供しようとすると、どこかの部が中心となって関係する各部との調整を行わなければならない。関係する部として考えられるのは、サービスを推進する営業部、事務処理を取り決めていく事務部、サービスに合致したシステムを提供するシステム部などが該当する。中心となって関係各所と調整していく役を「頭を取る」と言うのだが、たいていの場合この3部の間でどの部が頭を取るかで大いに揉める。

システム部門を例に取ろう。例えばネットワークを新しいものに更改するプロジェクトがあったとする。該当する一つ一つのシステムごとに、アプリケーション開発を担当する開発担当、インフラを担当する基盤担当、端末配備などを担当する設備担当、時には内部統制を担当する内部統制担当などの関係部署があり、これらの各部署のなかでどこが「頭を取る」かで大揉めとなる。豊島君は、このようなゆうちょ銀行の企業文化に驚愕した。

そんな調整に無駄な時間を使っているのがもったいないと思った豊島君が、「それなら私のところが引き取ります」と言って仕事を引き取り部下のGL（グループリーダー）に伝えたことがある。するとそのGLから「何ということをしてくれたのですか」と詰《なじ》られた。そのGLは、「この仕事は私（GL）が返してきます」と言って、話を振り出しに戻してしまったのである。仕事の押し付け合いが激しい組織であることを痛感した。

## 転職先で思い知った「異文化の壁」

「佐藤君、これは、ゆうちょ銀行だけの特徴的な文化ではなくて、官の世界であれば日常的によくある出来事なのではないかと思うんだけれど」

「そうだよ。霞が関（官界）では日常的に起きている。民営化したっていっても、中身は郵政省時代のままなんだね」

「とにかく、あらゆる業務でデマケが重要になる。投資信託をやろうと思ったら、それって営業がやるのか事務部門がやるのかで、すぐ押し付け合いをする」

「そういうのを官僚用語で『消極的権限争議』っていう。嫌なことや面倒なことを他の部局に押しつけることだ。逆に何かおいしそうなことがあると、『うまそうだ。俺に食わせろ』っていうことになる」

「そうそう」

「こういうのは『積極的権限争議』と呼ぶ」

「そういう論理で動いているんだよね。やらないと決めると梃子でも動かない。事務と営業でもそうだし、システムと事務の関係もそうなっていた」

「これは官僚用語で『横になる』っていうんだけどね。『あいつ、横になっちゃったんで、案件が全然前に進まない』というような表現をする」

「ゆうちょ銀行には『横になる』という言葉はなかった。最後、もうどうしようもなくなったら、上司同士で話し合ってもらって、折り合いをつけることになる。そうなると、下の人間の調整能力がないって上から文句を言われる。『おまえたちで、なんでデマケができないんだ』という話になる」

「基本は、みんなで『消極的権限争議』をやっているわけだね。過去のことになるが、外務省で国会答弁を割り振るときのようだ。国会質問は、事前に国会にある外務省の政府委員室が国会議員と接触して質問を取る。その質問を、外務大臣官房総務課国会班で各課に振り分けるが、複数の課にまたがる問題の場合、消極的権限争議が行われる。例えば、米露首脳会談ならば、北米局北米第一課と欧州局ロシア課の間で押し付け合いになる」

「日債銀時代を含めあおぞら銀行は人数が少ないから、そんなことやってたらもう仕事にならない。最初はちょっと揉めても、結局どこかが『じゃ、やりますよ』と言って引き受けるものなんで、あんまり苦労したことがなかった。それがゆうちょ銀行では、ありとあらゆる場面で押し付け合いが起きる。システムの中でもいくつかの部署があるので、そこでも押し付け合いが始まる。結局、自分たちがやらなくても、誰かがやれば済むという発想が蔓延している」

「フリーライダーの思想が出てくるわけだね。タダ乗りができるという」

「そういうことなのだと思う。一番びっくりしたのはね、『あそこでやっているプロジェクト、このまま進んだらダメになりますよ』って僕に言ってくる部下がいた。『ダメになるんだと思ったら、君がやったら？　ウチが引き受けてやればいいのに』と僕が言うと、部下は『いや、これはウチの仕事じゃありません。でも、このまま行ったらダメになっちゃいますよ』と真顔で言う。僕が『このプロジェクト、ダメになったら困るじゃない』と尋ねると、部下は『私に責任があるわけじゃないから困りません』と答える」

「役人の世界では、デマケを崩すと面倒なことがたくさんある。そういうときに使う奥の手がある」

「どんな手か」

「上から捻《ひね》るんだよ。政治家に電話して、『先生、○○局が横になっているんで、全然動かないんです。政治を軽く見ているとしか思えません』と告げ口をする。そうすると、政治家が『よし、わかった。じゃ、俺のほうから捻っておく』と言って、○○局長に『こら、この野郎』というような電話をかける」

「政治家から電話が来ちゃったら大変だね」

「自分の意思を通すために、あえて大変にするんだ。こうすると自分が進めたいプロジェクトの障碍を簡単に除去することができる。ゆうちょ銀行でも、政治家の働きかけがあるとけっこう大変だったでしょ」

「そうだね。それと昔の郵政省だった総務省のことを気にしている。総務大臣が何か言うと、大変だった」

豊島君が、ゆうちょ銀行に入って初めて聞いた言葉が、デマケ以外にもある。「詰める」という言葉の使い方だった。もちろん、「詰める」という言葉はあおぞら銀行のときにも使っていた。ただし、ゆうちょ銀行で使う「詰める」とは異なる意味での使い方だった。

普通は、「ここのところは検討が不十分だからもっとよく詰めて考えてみなさい」といった使い方である。突き詰めて検討する、という意味だ。ところがゆうちょ銀行で使われている「詰める」という言葉は、それとはまったく異なった意味での使われ方だった。「相手を追い込む」という意味なのである。

ゆうちょ銀行では、「詰める」という言葉を役職に関係なくよく使った。それだけ、相手のことを「詰めて」追い込むことが多いからだ。上司から部下に対して用いる例では、経営会議に付議するための資料だとか、各種会議で使用する資料の内容について、上司から起案者に対して厳しい追及がなされることがある。ゆうちょ銀行の場合、追及の仕方が極めて攻撃的かつ高圧的で、起案者の反論を許さず、上司が一方的に捲し立てたり、執拗な指摘を繰り返したりして、部下を徹底的に追い込んでいく。

逆に部下が上司を「詰める」ケースもある。部下の方が実務に詳しく、上司が後から着任した場合によく起こる。部下が「こんなこともわからないのですか」「ちゃんと判断してくださいよ」などと執拗に責め立てる。ゆうちょ銀行には下克上のような風土もあった。上から下、下から上とベクトルは異なるが、どちらの場合も、パワハラと認定されても仕方がないようなやり取りが各所で行われていた。

あおぞら銀行は行員全体でも２０００人程度の小さな所帯だったから、地方支店などを除けば、ほとんどの行員の顔と名前と入行年次まで、お互いに把握していた。あの人は何年入行でどこの部署を歴任してどんな性格の人かが、だいたい把握できたのである。従って、コミュニケーションについても豊島君はあまり苦労をしなかった。家族的雰囲気があったと言ってもいい。家族間ではあまり会話をしなくても十分にわかり合えているのと同じ感覚だ。「あの人は寡黙だけれど芯はしっかりとしていて信頼できる」ということがわかる。

一方、ゆうちょ銀行は１万３０００人の大組織だ。しかも、元郵政省の流れを引いているので官僚主義が染みついている。こういう組織の中で思うように仕事をしていくためには、強く自己主張をしていく必要があった。

それだから、攻撃的な性格の人が出世する。大組織の中で自分の仕事を進めていくためには、言葉による攻撃で他人よりも優位な立場に立つことが不可欠だった。上の人は下の人をどんどん詰める。下の人も上の人に対してどんどん詰める。その詰め方が半端でないから、潰れる人がたくさん出る。ゆうちょ銀行では、メンタル面が原因で休職する人も少なくなかった。あおぞら銀行のときに豊島君の周囲でメンタルの面で休職した人は、30年間勤務した中で一人もいなかったのとは対照的な光景だった。

「ゆうちょ銀行だけが特別なのではなくて、官の文化と民間の文化との間には大きな意識の相違があって、民間企業で育った僕がたまたま官の文化をまだ色濃く残しているゆうちょ銀行で働くことになって、初めて官の文化の一端に触れたということなのだろうか」と豊島君は言う。私は外務官僚だったが、外務省には「詰める」文化はなかった。「詰める」タイプの外務官僚は「あいつは細かい」と敬遠された。外務省は、旧郵政省に比べ、個人プレーを好む人が多かったのが理由と思う。

## 新しい上司は「やる気を殺《そ》ぐ天才」だった

友人としての贔屓目《ひいきめ》でなく、客観的に見て、豊島君は人格円満で、他人と諍《いさか》いを起こしやすいタイプではない。高校時代も、豊島君が誰かと言い争ったというような話は聞いたことがない。誤解のないように言っておくと、ゆうちょ銀行の大多数の職員と豊島君の人間関係は良好だった。ごく一部の人との関係で苦労したということだ。

どこの組織にも1人や2人くらいは嫌な奴がいるものだ。そんなことでいちいち会社を辞めていたら、何回転職してもきりがない。豊島君は、日債銀・あおぞら銀行時代は、波長が合わない人たちに対しても真摯に向き合い、会話を重ねることで相互理解を得て良好な関係を構築してきた。ところがゆうちょ銀行では、これまでの豊島君の手法と経験がまったく通じなかった。運が悪かったのは、もっとも苦手なタイプの人が、転職して初めての職場での直属の上司だったことだ。

この上司は抜群に頭がよかった。しかもゆうちょ銀行のシステムに長く携わってきているから、この銀行の大規模なシステムのことを隅から隅まで熟知していた。業務面で豊島君が太刀打ちできる相手ではなかった。豊島君は、ゆうちょ銀行のシステムについて何も知らないが、約30年間あおぞら銀行で苦労してきた経験を活かして、ゆうちょ銀行に貢献していきたいとの熱意を持って転職してきた。

上司も豊島君に初めから悪意を持っていたわけではなかったようだ。しかし仕事のことで話をしていくうちに、何を話してもお互いに話が噛み合わないということが続いた。その上司から指示された通りに豊島君が動くと「俺はそういう指示をしていない」と言って、豊島君がした仕事を否定する。「こういうことがわかりません」と豊島君が言うと、上司は「どうしてわからないのかわからない」と言って首を傾《かし》げる。波長がまったく合わなかった。そのうちに、上司があからさまに豊島君を馬鹿にする態度を見せるようになった。言い方が詰問調になり、ゆうちょ銀行の用語で言うところの「詰められた」という状態に豊島君は追い込まれていった。

話をするときに、相手の人が好意を持って聞いてくれるのと端《はな》から信用しない態度で聞かれるのとでは、雰囲気が全く異なってくる。上司は、豊島君に対して悪意を持って問い詰めるような言い方でしか話してこなくなった。

「僕は議論があまり得意ではない。話をするときも、変化球を投げることができず、遅い直球一本しか投げる球がないので、コースを間違えないように一球一球ギリギリのコーナーを狙っていく。だけど上司はディベートが得意で、僕が右と言えば左と言い、左と言えば右と言った」。要は上司に確固たる考えがあるわけではなく、豊島君が言ったことに対して、あえて反対のことを言ってみる。豊島君の反論を聞いてから「詰める」という攻め方だったのだ。ところが、その上司の反論に対して豊島君がいつも黙り込んでしまう。その結果、上司も自身の判断ができなかったということなのだろう。そのうちに、何を言っても豊島君が反論できないと思ったものだから、どんどん言い方がエスカレートした。豊島君の人格を攻撃するようになってきた。

デマケの懸案事項があって、豊島君がうまく仕切れなかったことがあった。

「どうしてこんな簡単なことができないのですか」

「それぞれの部の反対が強くて、なかなか合意が得られませんでした」

「担当部長クラスの人は、みんな普通にやっていますよ、こんなことくらい」

「でも………」

「よくそんなことであおぞら銀行の部長をやってられましたね」

豊島君が記憶している限りでも、3回はこのような屈辱的な言葉を投げられた。「よくそんなことであおぞら銀行の部長をやってられましたね」という非難は、人格攻撃だ。豊島君はプライドをズタズタに傷つけられていった。豊島君は、一方的に責められても、言い返せずに沈黙していることが多かった。ゆうちょ銀行のシステムのことについては上司の方が圧倒的に詳しく、責められれば豊島君が反論できる余地は極めて少なかったからだ。豊島君が何を言っても言い返せないということをわかっているものだから、一層、強い口調で詰問してくる。豊島君が沈黙していると、「そんなことも答えられないのか」と馬鹿にして罵《ののし》られる。この上司は褒めるということを絶対にしない人だった。

仕事に関して豊島君が手を抜いていたわけではない。一生懸命やっていたのだが、ゆうちょ銀行のシステムに対する経験値が少ないためにどうしても不十分なところが出てしまった。豊島君は転職者だ。こういうときに「ここまでは頑張ったね、でもここの部分の検討がまだ足りないからさらに検討しなさい」というように頑張った部分は評価したうえで、足りない部分についての検討を促すのが普通の上司の対応だ。ところがゆうちょ銀行の上司は、豊島君の考えが至らない点だけを指摘して「あなたは全然出来ていないじゃないか」と言って「詰める」のだった。

毎日毎日お前はダメだと言われ続けてそれでも正常な精神状態を保てる人間は、よほど精神が強い人間か、逆に極端に鈍感な人間だけだ。豊島君は次第にプライドと自信を失くしていった。そんなふうにして豊島君の士気（モラール）を下げても、ゆうちょ銀行にとってプラスになるわけがない。

豊島君を怒らせると恐い。豊島君は上司に対して合法的抵抗を始めた。上司には、必要最低限のこと以外伝えなくなった。部下として、こういう態度がよくないことはわかっていたが、自分の身を守るためには仕方がないと豊島君は割り切った。「そうでもしなくては、僕は間違いなく精神を病んで、休職せざるを得なくなっていたことだろう」と豊島君は言う。事実、豊島君の心理状態は限界に達していて、影響は胃に現れた。食欲が全くなくなり、常に胃薬を手放すことができない状態が長く続いた。

豊島君は、危機管理対応を始めたのである。危機管理対応には、これから生じうる危険に備える「リスクマネジメント」と、既に起きてしまい、生死にかかわる場合の「クライシスマネジメント」がある。あおぞら銀行からゆうちょ銀行に移る時点で、豊島君はリスクについてはよく考えていた。つまり、リスクマネジメントはできていた。しかし、この上司は単に相性が豊島君と合わないというレベルではなく、まともに付き合っていると豊島君の人格が破壊されてしまうようなクラッシャー上司だった。生き残るために豊島君は、クライシスマネジメントを始めた。それは、この上司との接触を必要最低限にするという手法だった。私も、外務省でこの種の上司と遭遇したときは、クライシスマネジメントを行った。ただし、手法は豊島君と少し異なっていた。クラッシャー上司との接触は、必要最小限にしたが、上司の仕事上のミスや性癖などの「弱み」を握り、それを首相官邸や自民党幹部に伝え、力で封じ込めるようにした。もちろん、私が動いたという痕跡は残さないように細心の注意を払った。人間的に、豊島君よりも私は遥かに陰険なのである。

豊島君は上司から「報告が足りない」といつも小言を言われた。報告しても、叱責されたり侮辱されたりするだけならば、そんな上司に自発的に情報を提供する部下はいない。あおぞら銀行でもこの種の管理職がいたが、部下からは「情報ストッパー」と呼ばれていた。「管理職は情報ストッパーになってはいけない」とあおぞら銀行の幹部はいつも言っていた。

一般論として、この種の「他人に対して厳しい人」は、自分に対しては甘い。この上司もそういう性格の人だった。少なくとも豊島君にこの上司は必要な情報を流してくれないことが多かった。もっとも、あおぞら銀行のときに、外国人幹部との関係で、その種の経験はしていたので、そのことで悩むことにはならなかった。興味深いのは、この上司は言い返してくるタイプの部下に対しては、上から目線で詰問調の物言いはしなかった。豊島君は私に「僕は人によって接し方が変わる人間を、絶対に信用しない」と言った。

外務省にも人によって接し方を変える人が少なからずいた。Aさんには、あることを言い、Bさんには別のことを言う。Cさんには、全く異なることを言う。自分自身は、Aさん、Bさん、Cさんに言ったこととは別のことを考えている。私は、こういう人と極力、付き合わないことにしていた。どうしても付き合わざるを得ないときは、接点を極少にしていた。接点が少なければ、摩擦も生じにくいからだ。仕えることが難しい上司は、どこの会社、どこの部署にも、一定の確率で必ずいる。

こういうタイプの上司は日債銀、あおぞら銀行のときにも何人かいた。最初、豊島君は、上司の考え方や行動における癖のようなものがわからなくて苦労し、失敗も多々経験した。それでも誠心誠意仕えていくうちに、上司が持っている「これだけは譲れない」という信条であったり、考えの源流にある哲学のようなものがわかってくると、次第にお互いに理解し合えるようになっていき、最終的には信頼関係を構築できるようになった。外国人上司は、日本人の上司よりも相互理解がはるかに難しく、しかも重要な情報を豊島君たち日本人行員に伝えなかったために、苦労させられた。もちろん言葉や文化の違いも相互理解を妨げる大きな要因だった。

それでも、例えば大きなシステムトラブルや金融庁検査などのときには、実務に詳しい豊島君たちの力を借りないと外国人上司は問題を解決することができなかった。ちょっとした立替え払いの費用を銀行に支払ってもらうような手続きにも彼らは豊島君たちの力を必要とした。そういう実績を積み重ねていくことによって、一部の外国人の同僚たちは豊島君のことを信頼するようになり、円滑に仕事ができるところまでお互いの理解のレベルを深めることができた。外国人幹部があおぞら銀行を去るときには、豊島君が送別会を企画して、司会を務め彼らを送り出したりもした。ゆうちょ銀行は典型的な日本企業で、同じ銀行という業種の中での転職だったから、外国人上司のときよりもずっと円滑なコミュニケーションが図れ、仕事もスムーズに進めることができるだろうと豊島君は漠然と考えていた。しかし、その認識は甘かった。

ゆうちょ銀行において日本人の上司であるのに、外国人の上司よりもコミュニケーションが取れず心が通じなくなるような事態は、豊島君にとって想定外の出来事だった。豊島君とそりの合わなかった上司は、他の部下からも嫌われていた。問題はこのような、本人以外のほぼ全員から嫌われているような人が出世するゆうちょ銀行の文化だった。企業はそれぞれ文化を持つ。この文化を受け入れられない人にとって、当該企業で働き続けることは拷問に近い。

ゆうちょ銀行とあおぞら銀行の文化の違いは、人間関係だけでなく、技術分野にもあった。それはシステムの規模の違いに起因していた。ゆうちょ銀行の巨大なシステムに豊島君はうまく対応することができなかった。このことを豊島君は、フルマラソンにたとえて私に語った。

「佐藤君、僕はフルマラソンを走った経験があるので、そのことを例えにして話してみたい。40キロ強のフルマラソンを走り切るのに、10キロ走の練習を何回やっても40キロを走り切ることは難しい。これが僕の実感だ。もちろん、10キロ走をやることによって基礎体力はつく。しかし、40キロ走ることは異次元世界なのだ。40キロの長距離を走るためには、10キロ走で基礎体力をつけた後に、20キロ、30キロの長い距離を走る練習をする必要がある。レース前に1度は40キロを走っておくことが望ましい。僕の経験では、走る距離が20キロを超えると、それまでとはまったくの別の世界になる。30キロを超えるとさらに別の世界が現れる。それは10キロまでの距離では絶対に知ることができない特異な世界だ。同じ10キロを走るのでも、最初に走る10キロと、20キロを走った後の10キロとでは、苦しさが全然違うし、30キロを走った後の10キロはもっと違うということだ。

僕はあおぞら銀行のシステム部門で約20年間、システムに携わってきた。力一杯仕事をしてきたつもりでいたので、ゆうちょ銀行でもその経験を十分に活かせるだろうと思っていた。でも、僕は、マラソンで言うところの10キロと40キロの間に立ちはだかる大きな壁にぶつかってしまった。あおぞら銀行のシステム部門で10キロ走ばかりを全力で取り組んできた。それなりに基礎体力はついていたけれど、40キロという長い距離を走った経験はなかった。

ゆうちょ銀行は毎年、年末年始とゴールデンウィークの2回、大きなシステム更改を行う。40キロを年2回は走るようなものだ。複数の大きなシステムを同時に更改するためには、綿密な計画策定が必要であり、システム間相互の微妙な関係までを視野に入れたきめ細かい対応を注意深く行っていく必要がある。あおぞら銀行のシステムはゆうちょ銀行のシステムに比べたら規模の小さなものばかりだったし、一つ一つのシステムを更改することがあっても、複数のシステムを同時に更改するということを実施した経験はなかった。ゆうちょ銀行のプロジェクトが大きすぎて、全体像が見えなかった」

豊島君は6年半、ゆうちょ銀行に勤務したが、結局はこの大きさに対応することができなかったと認識している。「戦力として僕がゆうちょ銀行に期待通りの貢献ができなかった理由は2つある。1つは上司との人間関係がうまくいかなかったこと。もう1つは、ゆうちょ銀行システムが巨大であったことだ」と豊島君は言う。

## 忍耐が臨界を超えた日

客観的に見ると、豊島君がゆうちょ銀行に転職したことは失敗だった。豊島君にもこの現実が見えている。豊島君は「僕自身、もっとできるだろうと思っていたことができなかったこと、反対にゆうちょ銀行側からしたらもっとやってもらいたかったのに、との思いがあっただろうことは事実だと思う」と言う。豊島君にとって、ゆうちょ銀行で働いた6年半はつらい経験だった。ただし、転職したことについて後悔はしていないという。「こういう世界があるということを知っただけでも、大きな経験になった。外から見ているだけではけっしてわからないことを知ることができたからだ」というのが豊島君の率直な想いだ。

豊島君が、あおぞら銀行で働き続けていたらどうだったであろうか。いずれ、豊島君とそりの合わなかったノーマン・キングＣＴＯも、それ以前の外国人と同じように職場を去る。その後は、平穏な日々が戻ってきた可能性が高い。その場合、豊島君はあおぞら銀行の小規模なシステムの世界しか知らずに55歳の定年を迎えることになった。あおぞら銀行のシステムとは次元が違う大規模なシステムを開発し動かしているゆうちょ銀行の世界を知らなければ、システムの世界の奥深さを知らずに会社員生活を終えることになったかもしれない。波長の合わない上司との関係で不必要な苦労はあったが、ゆうちょ銀行のシステムの存在を知り、そのシステムに部分的であっても貢献できたことは、豊島君の新たな財産になった。

「ゆうちょ銀行を離れてみて、ゆうちょ銀行のシステムは日本一の銀行システムだと思うようになった。全国津々浦々にネットワークが張り巡らされている巨大なシステムを維持している。顧客数が桁違いに多いから、少しのトラブルでもすぐに大規模トラブルに発展してしまうという緊張感を常に持っていなければならない。機能的にも、カードと通帳のどちらかだけでもＡＴＭからお金を引き出すことができるのは、メガバンクのような全国規模の大手では、ゆうちょ銀行のＡＴＭだけだ。払い込み機能も充実していて安い料金で送金することができる。そういうシステムに関わることができて僕は幸せだった」と豊島君は述べていた。

ゆうちょ銀行に入った時点で、豊島君はここが最後の職場になると思っていた。そんな豊島君が２度目の転職を決意した理由は、件《くだん》の上司との関係だ。その人は、一時他部門に異動していたのだが、数年後にシステム部門の担当役員として戻ってきた。その人と豊島君の間に部長が入るものの、再びその人がラインに入ってきた。その人の豊島君に対する態度は従前と変わらなかったが、間に部長が入ったために、直接的接触を避けることができた。もちろん、事案によっては直接話さなければならないことがあった。その度に豊島君は嫌な思いをしなければならなかった。

何とか我慢していたが、２０１８（平成30）年４月の人事異動で、豊島君の忍耐が臨界を超える出来事があった。その上司は、豊島君が転職してきた当初、部下（グループリーダー）だった人を直属の上司（部長）に据える人事異動を発令したのである。自分より年齢が若い人が上司になることは、豊島君の年齢になればあり得ることだ。しかし、元直属の部下だった人を直属の上司にするという人事異動は度を超えている。そのとき豊島君はシステム部門の約400人の人事を担当していた。仮に豊島君がそのような人事異動案を作ってその人のところに持って行ったなら、「お前は何を考えているのか」と間違いなく叱責されたであろう。人事異動案を策定するにあたって豊島君は、かつての上司と部下の逆転人事が極力発生しないように細心の注意を払っていた。部門内で人事を調整するときも、入社年次、年齢、今の職位に就いた年などをかなり細かく意識しながら人選を行っていた。だから、2018年4月の人事異動も、ついうっかり、かつての直属の部下が豊島君の直属の上司になるというようなことではあり得ない。しかも、担当部長以上の人事異動については部長以下が関与できずに、専らその担当役員が独自に副社長や人事部と相談して決めていたことだった。頭脳明晰な人だから、単純ミスではない。

「あの人は明らかな意図をもって、僕の上に元の部下だった人を持ってきた。それが嫌なら辞めろという、あの人の明確な意思表示だ」と豊島君は受け止めた。

こういう手法は、霞が関（中央官庁）でも稀にある。表だって「辞めろ」とはけっして言われない。その代わりに、悪意を込めた人事異動によって、退職に追い込もうとする。

この時点で豊島君は58歳で、8月には59歳になろうとしていた。ゆうちょ銀行の定年は60歳になった年度の3月末だから、このまま勤め続ければ2020年3月に定年退職を迎える予定だった。あと2年間の辛抱だ。中途入社でまだ6年半しか在籍していない豊島君がこのタイミングで自己都合により退職すると、退職金が通常退職時の4分の1程度しか支給されなくなってしまう。その人の悪意を感じても、何とか定年退職までは勤め上げなければならないので、屈辱に耐えるしかない——というのが豊島君のとりあえずの結論だった。

## 11 挫《くじ》けない人

ゆうちょ銀行で部長交代があったのとほぼ同じタイミングで、豊島君は、あおぞら銀行時代に上司だった人から、「日本公認会計士協会に来ないか」と誘いを受けた。誘いと言っても、システム部門を管理する要員に欠員が生じたため現在募集を行っているので、応募してみないかという話だった。合格するかどうかはわからないが、応募してみることにした。

あおぞら銀行のシステム子会社（ＡＩＳ）が解散したときや、新生銀行との合併交渉のときに、豊島君はその人の部下として働いたことがある。苦しい時期を共にした信頼関係がその人とは構築されていた。ゆうちょ銀行のような巨大組織よりも、小規模で家族的な雰囲気の日本公認会計士協会の方が、自分が持っている力を発揮できるだろうとの思いも豊島君にあった。人生にはタイミングがある。タイミングを逃してしまうと人生が大きく変わってしまう。人生には決断がつきものだが、それはその人の意思決定の物語でもある。応募して不合格となればそれは縁がなかったとして諦めるしかないけれど、チャレンジをしてみる価値は十分にあると思った。

すでに述べたように、私が豊島君と40年振りに再会したのはちょうどその頃だった。２０１

8年から私は浦和高校の2年生を相手に総合科目の授業を行うようになった。5月9日の午後に2回目の授業があった。その後、午後6時からロイヤルパインズホテル浦和で、民主党政権時代に外務副大臣をつとめた武正公一前衆議院議員のパーティーがあり、私が講演を行った。武正氏は浦和高校の1年後輩で、雑誌部に属していた。その武正氏からパーティーの前日に電話があり、「佐藤さんが浦高1年生のときに親しくしていた豊島さんが二次会に参加する」と言ってきたのである。

「どうして豊島君を知っているのか」と私が尋ねると、武正氏は「雑誌部の先輩でした」と答えた。豊島君と生徒会機関誌「礎」を2回作ったので、互いに記憶によく残っているはずだ。二次会は事実上、浦高の同窓会だった。武正氏の配慮で、豊島君は私の隣の席に座った。近況について話す中で、豊島君がふと「ゆうちょ銀行もいろいろあるんだ。もしかすると仕事を替わるかもしれない」と述べていた。何か悩みがあるのではないかと思ったが、周囲に他の人もいたので、それ以上、踏み込んだ話はしなかった。ちょうどこの頃、豊島君は公認会計士協会に転職する準備をしていたのだった。

公認会計士協会の面接に合格し、豊島君は2018年6月末でゆうちょ銀行を退職し7月1日から日本公認会計士協会で働くことになった。ゆうちょ銀行の幹部たちは、豊島君を慰留することもなく、淡々と退職手続きが進められた。4月まで豊島君の直属の上司（部長）で定年退職後は4月から審議役となった人だけが残念がっていた。豊島君の部下が上司となった異例の人事異動は、当時の部長は関与せずに行われたものだった。幹部らの反応と対照的だったのは、他の部下たちや、直接のラインではないが、一緒に苦しい仕事をしてきた同僚たちだった。この人たちは、豊島君の突然の退職に驚き、悲しんだ。退職の原因は、人事を使ったシステム部門担当役員のプレッシャーだが、形式的には自己都合退職になる。送別会は辞退して、ひっそりとゆうちょ銀行を去ろうと豊島君は考えたが、周囲の人々の厚意を無下に断ってはいけないと思い直した。送別会も何度かあり、記念品をもらった。

大多数のゆうちょ銀行の同僚に豊島君は感謝している。ただ、豊島君の仕事上の生殺与奪権を握る上司との関係だけがうまくいかなかった。人生には、巡り合わせや運がある。ゆうちょ銀行では豊島君に運が向いてこなかった——ただそれだけに過ぎない。

## 前を向いて生きていこうと思った

身体が膵臓がんに侵されていることを豊島君が知ったのは、転職からわずか1ヵ月後のことだった。

この経緯については、豊島君が作成した手記をそのまま引用する。

〈人間ドックを受けたのは5月25日（金）のことだったけれど、その場で肝臓の異変の疑いを指摘されて、MRIによる精密検査を受けたのが転職後の7月18日（水）のことだった。そこからどんどん事態が悪い方へと進んで行って、7月30日から5日間の検査入院の初日に、家内が主治医の先生に呼ばれて私がすい臓がんであることを伝えられた。

自分ががんになったこと自体もとてもショックだったけれど、それが転職をしたばかりのタイミングだったことが、私にはそれ以上にショックだった。転職を決意する前に私ががんであることがわかっていたなら、当然のことながら私は転職をしなかった。知らなかったこととは言え、転職したばかりの日本公認会計士協会とそのスタッフのみなさんに多大な迷惑をかけてしまった。

今は週に1回、築地の国立がん研究センター中央病院に抗がん剤治療を受けに通院している。すい臓を根源とするがんが肝臓やリンパ節にも転移しているため、手術による切除や放射線療法を行うことができず、今の私に残された道は抗がん剤治療による延命療法のみという状況である。つまり、もう根治は望めなくて、抗がん剤治療によって延命を図ることしかできないということである。抗がん剤を使用し続けると、一時的にはがん細胞が縮小するけれど、次第にがん細胞に抗がん剤に対する耐性ができてきて、やがて抗がん剤が効かなくなってくるのだそうだ。そうなると、あとはもう痛みなどを少しでも和らげる緩和療法しか手段がなくなってしまう。

少し古い数字ではあるが、国立がん研究センター中央病院のホームページによると、私のような末期に分類されるすい臓がんの場合、生存期間中央値が291日、1年生存割合が40%と記載されている。つまり私は、あと1年も生きられない可能性が非常に大きいということなのだ。

最初は自分が置かれたこの状態を理解するのに苦しんだ。何の自覚症状もなくて、私はとても元気だったからだ。何かの間違いではないかと思いたかった。また、どうして私なのだろうか、という気持ちももちろんあった。今私の目の前をたくさんの人が歩いて、その人たちはみんな元気で屈託のない笑顔をして笑っているのに、私だけがどうしてがんなのだろうか？

このまま死を迎えるのは嫌だと思った。最初はあれこれと悩んだけれど、その結果として私は、そういうことについて考えることをやめた。いろいろと考えたり悩んだりすることで病気が快方に向かうのであれば、私はいくらでも考えるしいくらでも悩むだろう。しかしいくら考えても悩んでも自分の力ではどうにもならないものであるならば、考えることも悩むことも意味がないことだと思った。だから、敢えて考えたり悩んだりすることをやめた。がんになってもう余命が長くはないということは、私にとってはもはや仕方がないことだった。いくらじたばたしたところで何も始まらないし何もできない。

その代わりに私は、前を向いて生きていこうと思った。私には残された時間が少ない。しかし多少ではあるけれどまだ時間はある。がんになって、残された時間が少ないということを知ったことが、かえって私の気持ちを前向きなものに変えさせてくれた。その時間を少しでも有効に使いたい。私は、この世に私が生きた証を遺したいと思った。その作業に打ち込むことで、死への恐怖を遠ざけて、一日でも長く生きるための力に変えていきたい。

高校時代の親友だった佐藤優君に相談し、彼から励まされて、私は失いかけていた自分の人生の座標軸を取り戻すとともに、新しい目標に向かって走り出すことができた。

この先はどうなるかわからないけれど、この世への感謝の印としてまずはこの手記を作り上げたい。そのことが今の私の生きる原動力になっている。〉

2019年1月、豊島君がこれまで使用していた抗がん剤が効かなくなった。がんセンターの医師から、免疫療法の治験を受けてみないかと誘われた。治験なので効果があるかはわからない。しかし、豊島君はチャレンジしてみることにした。1月末に検査入院し、治験に適合するならば、2月18日頃から入院する手筈になっていた。

私はその話を聞いて、治験が始まる前に豊島君を旅行に誘った。この旅行について書き始めると、私の文章が感情に流されてしまう可能性があるので、あえて2月7日の「静岡新聞」への寄稿を引用しておく。

〈「論壇　弓ヶ浜への旅行」

(2月)2日から1泊2日で南伊豆町の弓ヶ浜に高校1年生のときの同級生と2人で旅行した。母校の埼玉県立浦和高校は男子校で1年生の7月に弓ヶ浜で臨海学校を行う伝統がある。臨海学校で豊島君と筆者は同じチームだった。

筆者は学校の勉強よりも文芸部、新聞部、応援団に熱中し、高校2年生からは学校よりも社青同(日本社会主義青年同盟、社会党系の青年組織)の活動の方が面白くなって、受験勉強には背を向けていた。豊島君は筆者と対照的な秀才で現役で一橋大学に進学し、その後は銀行に就職した。「僕は臆病なんだ。だから佐藤君のような冒険はできない。ただ、君を見ていると面白いんだ。きっと将来、規格外のことを君はする。僕はそれを見るのを楽しみにしている」と豊島君からいつも言われていた。就職した銀行が経営破綻し、豊島君は2度転職した。現在は、日本公認会計士協会に勤務している。

去年7月に豊島君にがんが見つかった。ステージ4の膵臓《すいぞう》がんで既に肝臓とリンパに転移している。手術不能の段階で抗がん剤治療しか手段がない。それもいずれ効かなくなる。その後は、緩和ケアに移ることになる。2人でよく話し合った結果、豊島君の半生についての単行本を書くことにした。この本の内容は、豊島昭彦という個性と結びついているが、同時に1960年前後の筆者らの世代が経験した出来事を後世に伝えるという意味を持つ。現在、筆者はこの仕事を最優先している。

1月に豊島君が使っている抗がん剤が効かなくなった。肝臓に転移したがんが肥大しているということだ。豊島君は、免疫療法の治験候補者になり、現在、最終判断を待っている。幸い、現時点で痛みや吐き気などの症状はない。そこで2人で、高校時代の想《おも》い出が詰まっている弓ヶ浜に旅行することにした。

旅館2階のバーで夕日を見ながら、豊島君は「持ち時間が限られていることを冷静に認識しながら、闘病も仕事も続けていく。書きかけの小説も仕上げる」と言った。去年12月に豊臣秀吉の消えた遺骨について扱った『夢のまた夢――小説　豊国廟考』（K&Kプレス）という作品を豊島君は上梓《じょうし》した。今は、下田が舞台となる井伊直弼に関する小説を書いている。豊島君は2009年にノンフィクション作品『井伊直弼と黒船物語』（サンライズ出版）を上梓した。この関係で、下田に2回、調査旅行を行っている。筆者は豊島君に「井伊直弼に関する小説を仕上げて、新人賞に応募してみるといい」と勧めた。

豊島君とゆっくり話をするのは44年振りだった。時間がたっても人間の性格の根幹は変わらない。親友とは付き合った時間よりも相互理解の深さで測られるものだ。ステージ4の膵臓がんの余命（中央値）が291日という現実に直面しても「この状況で、何をすればいいか」と考え、行動する豊島君の姿勢から筆者は多くを学んでいる。

来年の今頃、豊島君と弓ヶ浜を再訪したい。〉

2月5日に豊島君は主治医から「肝臓の状態から、今回の治験は、見送ることにした」と言い渡された。これで残る治療法は、強力な抗がん剤を投与することだけになった。副作用が心配だ。仮に、この抗がん剤も効かなくなった場合、緩和ケアを行うことになる。

自分の持ち時間が限られていることを豊島君は自覚しながらも、1日でも長く生きようと努力している。私は、豊島君の高校1年のときからの親友として、最期の瞬間まで伴走したいと思っている。

# あとがき

私が本文をすべて書き上げ、講談社現代新書の青木肇編集長にメールで送付したのが2019年2月8日（金）午前1時18分のことだった。豊島昭彦君は、前日の7日早朝、がん研究センター中央病院に入院した。強力な抗がん剤による治療を受けるためだ。8日、午後から46時間にわたる抗がん剤の注入が始まった。3日後の11日夜になっても、豊島君からメールが入らない。律儀な豊島君が、連絡を寄越さないのは、かなり深刻な事態が生じているのではないかと心配になった。

翌12日（火）、午後2時20分に豊島君からのメールが届いた。

〈佐藤 優 様
その後、少しご無沙汰をしてしまいました。
入院中に原稿を送付いただきまして、感動しながら拝見していました。
その後、46時間の抗がん剤投与も終わり、今は投与後の副作用の影響フォローを受けているところです。明日の投与後1週間の血液検査で大きな異常が出ていなければ、あさっての14日に退院できる見通しとなりました。外見的には、吐き気が残っていて食欲がないことくらいで、その他は特に異常はありません。

（中略）昨日の浦高生との食事会は、いかがでしたか？　ご一緒できなくて、申し訳ありませんでした。次回は参加したいと思いますので、その際には是非お誘いください。

こうしてベッドにずっと横たわったままでいますと、先日の佐藤君との弓ヶ浜旅行がまるで夢のように思えてきます。まだほんの一週間程度しか前のことでないのに、何だかとても昔のことのようにさえ思えてしまいます。

新しい抗がん剤は3種類の抗がん剤を併用するというかなりきつい療法なので、それなりの副作用も覚悟していましたが、吐き気がずっと続いているのはなかなか苦しいものですね。でも、それくらいのことでは負けません。これも新たな経験だと思って、まだまだ頑張ります。

本ができるのが、楽しみです。

今日も寒い一日だと思います。どうか、ご自愛ください。

豊島昭彦〉

２０１８年4月から、国語の富田聡先生の補助をするという形で私は母校の埼玉県立浦和高校で総合科目を担当している。最終授業が無事に終わったので、２０１９年2月11日に富田君と生徒たちを招いてロイヤルパインズホテル浦和で打ち上げを行った。富田君も豊島君も浦高の1年9組のときの同級生だ。豊島君と富田君は、雑誌部で一緒に作品を書いていた。富田君とも相談して、授業で豊島君の『夢のまた夢――小説　豊国廟考』を扱った。

2月6日の最終授業では、以下の2つの小テストを行った。この2つの小テストに対する私なりの答案を書くことで、本書のあとがきにかえたい。

〈小テスト1：
別添の資料「論壇　弓ヶ浜への旅行」（本書241〜243ページ）を読んで、下記の問いに答えよ。

1．この文章の筆者が弓ヶ浜に旅行した理由について説明せよ。

2．「親友とは付き合った時間よりも相互理解の深さで測られるものだ」ということの意味を具体的に説明せよ。その上で、あなたはこの見解に同意するか否かについて立場を表明せよ。その際には理由も記すこと。〉

**私の解答1：治験が始まると、豊島君の容態が変化する可能性があることを考慮して、一晩、ゆっくりと語り明かしたいと思ったから。その際には、高校1年生の臨海学校で一緒に訪れた後、2人とも一度も訪れたことのない弓ヶ浜ならば、トポス（特別の場）なので、時空を超えて豊島君と虚心坦懐に話ができると思ったから。**

**私の解答2：豊島君と著者が親しく付き合ったのは、高校1年生の1年間と、2018年10月**

以降の数ヵ月に過ぎないが、相互理解の深さは無限である。だから、40年以上、別の道を歩んだことは2人の友情にとって、なんら障碍にならなかった。
理由は、「少数でよいので、真に理解できる友人を持つことができる人とそうでない人では、人生の意味が大きく異なってくる」から。

〈小テスト2：
豊島昭彦『夢のまた夢――小説 豊国廟考』に関連して、下記の問いに答えよ。
1．この小説で著者がもっとも伝えたかった事柄は何か。簡潔に記せ。
2．あなたが医師より、「余命は291日である」と告知された場合、何を考え、どう行動するかについて記せ。その際には理由を明記すること。〉

**私の解答1：人間の価値は、権力や富では測れない。自分の意志を歴史に残すことが最も重要な価値だ。**

**私の解答2：財産を処分し、家族の今後の生活が物質的にできるだけ保障される仕組みを作る。私の神学研究を継承する意志と能力がある後進を集中的に指導する。私の**

**蔵書を沖縄の大学か高校に寄贈する手続きを進める。**
**理由は、「人生を通じて学んだことを歴史に残したい」から。**

豊島君について、公の場で語れることは、本書にすべて盛り込んだ。ただ、本書を書きながら、常に悩んだのは、死期が迫った友人を、自分は作品の対象として利用しているのではないかという自責の念だ。しかし、そのような感傷を吹き飛ばす力が、豊島君の人生にはある。

本書がよき読者に恵まれることを望む。

本書を上梓するにあたっては、浦和高校の10年後輩で、優れた編集者である講談社の青木肇氏にたいへんにお世話になりました。どうもありがとうございます。

２０１９年２月12日、曙橋（東京都新宿区）の仕事場にて

佐藤優

# 付記

本文でこの作品はノンフィクションとして完結している。ただし、豊島君が私に語った内容のうち、読者と共有したい事柄がもう少しある。豊島君の個人的な想いと公共性がある事柄が複雑に絡み合っている。私の筆力の限界で、これらの事柄を作品中にうまく組み込むことができなかったため、付記として収録することにした。

## 2人の子どもたちへ

まず記録に残しておきたいのは、豊島君の娘と息子への想いだ。

長女の有紗さんは、横浜市立太尾《ふとお》小学校を卒業した後、頌栄《しょうえい》女子学院中学校、頌栄女子学院高校と中高一貫の私立校に進学し、その後日本女子大学の心理学科に進んで卒業した。「直感の鋭い子で、人の意見や見方にあまり流されずに自分の世界をしっかりと作れる力を持っている」というのが豊島君の評価だ。

家族の中で有紗さんが最も絵心がある。アニメーションや声優の世界に興味を持って、学生時代には声優の養成学校にも通っていた。声優の世界はなかなか厳しくてプロにはなれなかったが、発声法や文章の読み方など、豊島君が学生時代から興味を持っている日本語の世界とも相通ずる関心がある。

ところで、趣味に関して、豊島君も奥さんも宗一郎君も、野球は広島東洋カープ、サッカーは川崎フロンターレを応援しているのだが、有紗さんだけが野球は横浜DeNAベイスターズ、サッカーは鹿島アントラーズを応援している。そんなところも、周囲の雰囲気に流されない独自の考えを持っていることの表れだと、豊島君は有紗さんの選択を肯定的に受け止めている。有紗さんは、自分でスポーツをするのは苦手だけれど、スポーツ選手の才能を見抜く目は家族の中で一番肥えている。世の中で注目される前から選手の才能を見定め、応援している選手がその後ブレイクするということがよくあった。

大学を卒業して就職するときがちょうど一番悪いタイミングで、就職難で非常に厳しい年だった。面接で聞かれたら多少の不安があっても「できます！」と答えておけばいいものを、有紗さんはそれができない性格で、正直に「自信がありません」と答えてしまったようだ。そんな馬鹿正直なところは、自分に似たところがあると豊島君は思っている。結局内定を得ることができず、東京都の支援を受けて派遣社員として社会に出ることになった。本人としては不本意だったと思うが、この年は本当に就職環境が厳しくて、多くの学生が就職できず大きな社会問題になった年だった。有紗さんは運がよくなかったのだ。ただし、派遣社員としていくつもの仕事を経験したことにはそれなりの意味がある。企業の実態は、外からいくら見ていてもわからない。実際に中に入って働いてみて初めてわかることが多い。いい企業悪い企業の比較をしながら社会を見る目が養われるという意味では、普通に就職したのでは得られない経験を有紗さんがしたことが将来、活きてくると豊島君は考えている。

その有紗さんに豊島君は、驚かされたことがある。２０１４年のことだった。いつものようにリビングでパソコンに向かっていたときに、普段は豊島君に話しかけることなど皆無だった有紗さんから突然、「会ってほしい人がいる」と話しかけられた。まるでテレビドラマの一シーンのようだった。豊島君にとってはまさに青天の霹靂だった。中学校から大学までずっと女子だけの学校に通っていて男性との出会いの場もごく限られていたはずだし、現に誰かと付き合っているというような兆候は少しも感じていなかったから、心中とても動揺した。その動揺を覚《さと》られないようにするのに必死だったという。

相手は、声優の養成学校のときに一緒だった男性だそうで、後日、恵比寿のビストロで有紗さんから紹介を受けた。明るくて優しそうな男性だったので安心した。

２０１６（平成28）年12月3日に新横浜のアルカンシエル横浜という結婚式場で結婚式を挙げ、式の後すぐに転勤となって2人で仙台に行っていたけれど、夫の転職のため1年で仙台から戻り、今は豊島君のマンションのすぐそばに住んでいる。

長男の宗一郎君は、横浜市立太尾小学校、横浜市立大綱中学校、橘学苑高等学校を卒業し浪人生活を経て日本大学経済学部に入学、２０１８年3月に卒業して健康保険関係のシステムなどを企業に提供する会社に就職した。豊島君の趣味の影響で幼稚園のときから地元のチームに所属する形でサッカーを始め、小学校、中学校、高校と一貫してサッカーを続けた。小学校、中学校と横浜市内でも強豪チームに所属していたために数々の大会で優勝するなどの栄誉に浴してきたが、チーム内での競争が厳しく、必ずしも常時レギュラーとしてプレーができたわけではなかった。ポジションはフォワードで、ボールコントロールやドリブルなどがとりわけ得意というタイプではなかったものの、不思議な得点感覚を持ち合わせていて、豊島君が応援に行った試合でもたくさんのゴールを挙げて見せてくれた。フォワードの得点感覚というのは練習して得られるものではなく天性のものなので、息子のサッカーが大成してくれることを楽しみにしていた。豊島君は宗一郎君のプレースタイルが好きだったけれど、当時のチームの監督やコーチの好みは少し違っていた。もっとパワーのある選手を好んで起用したため、宗一郎君は準レギュラーといった扱いに甘んじていたのが豊島君としてはとても残念だった。高校では、創部間もないクラブで、11人のメンバーがやっと揃うかどうかの弱小チームだったため、レギュラーを外れる心配はなかったけれど、その代わり試合ではあまり勝つことができなかった。3年生がいたにもかかわらず2年生のときからキャプテンを任され、チームの運営に苦労していたようである。「元々の性格もあり、またそんな経験や苦労も手伝ってか、宗一郎はよく気がつき機転も利く人間に成長してくれた」と豊島君は言う。

そんな2人の子どもたちであるが、豊島君には2つの懸念がある。1つは、以前にも述べたが、豊島君に懐いていないことであり、もう1つは姉弟の仲があまりよくないことだ。

「僕に懐いてくれないのは、今さら仕方ないことだけれど、この先、僕の人生は長くはないのだから、せめてその短い間だけでももっと心を開いてくれて普通に話しかけてきてほしいと思っているんだ」と豊島君は言っていた。

2つ目に関しては、もともとは家の中で応援する野球チームが違うとか、あるいはテレビのチャンネル争いであったりとか、普段の会話の中で感情の行き違いが生じて、それが拡大していってしまったものと豊島君は考えている。豊島君も妹との2人兄妹《きょうだい》であり、子どもの頃にはよく喧嘩をしていて父から叱られたものだった。「俺は10人兄弟だったけれど、お前たちは2人しかいない兄妹なのだから、仲よくしなければならない」と父から何度も諭された。今では妹とはお互いに尊敬し合える関係になっている。「僕が死んだ後は、有紗と宗一郎の2人で家内を支えていってもらわなければならないのだから、つまらないことで反目し合うことなく、仲良くなってくれることを切に願っている」と豊島君は述べていた。

このようなことをあえて本に残したのは、これが豊島君の有紗さんと宗一郎君への文字どおり「最後のお願い」だからだ。

同時に、これは豊島君の個人的事柄ではない。1960年前後に生まれた私たちの世代の男は、仕事に追われ、子どもと十分に話をする時間がとれなかった人が大多数だ。子どもたちは、父親がどのような生い立ちで、どんなことを考え、どんな仕事をしてきたのかについてはほとんど説明されていない。説明されなければわからない。豊島君が本書で行ったように、自分の歴史を、本書を読まれた人は、是非、自分の子どもに語ってほしい。

## 両親の晩年について思うこと

本書を準備する過程で、私は豊島君に「君の両親についてのデータが欲しい。有紗さんも宗一郎君も、父親がどういう環境で育ったかを知らない。それを伝えるために、君の両親について書き残しておくことには意味がある」と伝えた。

豊島君の手記をそのまま引用しておく。

〈悲しい知らせというのは、ある日突然やってくるものなのかもしれない。

２０１０年秋のある日の夕方のことだった。母が神宮外苑のいちょう並木の黄葉を見に行くバスツアーの最中に転んで頭を打ち、聖路加国際病院に緊急搬送されたとの一報が入った。観光バスに乗り込む際に、バスのステップを登れずに転んで仰向けに倒れ、縁石に後頭部を強打したとのことだった。頭蓋骨骨折に加え、くも膜下出血を併発させているとのことで、私は会社を早退して、タクシーで聖路加病院に向かった。

今から思い返せば、それまで何の前兆もなく普通に元気に暮らしていた両親が、死へのステップを踏み始めた――それが最初の一歩だった。

母は集中治療室のベッドの上にいた。一緒にバスツアーに参加していた父の姿はなかった。容体に変化がなさそうなので、一旦帰宅してまた翌朝来ることになっているとのことだった。母は静かに眠っているように見えた。無理に起こしてもいけないし、緊急に治療が必要な感じでもなかったので、たしかにこのまま傍にいても何も役に立たないと思い、私も一旦その日は帰宅した。その後、母は集中治療室から一般病室に移され、そのまま何日か病院に入院した後に自宅近くの指扇病院に転院した。聖路加病院の病室は全室個室で、付き添いが泊まれるようにもなっていて、きれいで快適な病室だったが、母はこんな寂しいところには居たくないと言って一刻も早く退院させるように主治医の先生に掛け合い、強引に退院してしまった。相変わらずの我がままぶり発揮であった。指扇病院に入院してからも、母はさかんに自宅に戻りたいと言っていたが、結局亡くなるまで一度も自宅に戻ることはできなかった。

聖路加国際病院を退院するまでは母の様子に変わりはなかったのだが、指扇病院に転院してから暫くするうちに、認知症の症状が現れてきて、母はほとんどまともに私のことも認知することができない状態になってしまった。頭を強打したことが、認知症発症の引き金になってしまったのかもしれない。母は私のことを従兄弟の賢二君だと思っているようだった。あるいは私だと認知するときもあるのだが、そういうときは私のことを大学生だと思っていた。おそらくは、母の記憶の中で一番印象に残っているときの私の姿に頭がセットされてしまっていたのだろう。お見舞いに行っても私と認知してもらえずに空しく病院から帰ることが続いた。

父は、口には出さなかったけれど、母がバスのステップから落ちて頭を強打したことに大きな責任を感じていたようだ。そのときは、先に父がバスに乗り込み、後から母がバスに乗ろうとしたから、父は後ろに倒れる母を守ることができなかった。そのことをとても後悔しているようだった。特に治療を要するわけでもないため病院には長くいられなくて、施設を探した。

父が必死に探し回って、何とか新しくて綺麗な特別養護老人ホームに母を入れることができた。その直後に、父は医者からもらった睡眠薬を多量に飲んで自殺を図った。父からの不審な留守番電話が入っていて、慌てて上尾に住んでいる妹に電話をして実家を見に行ってもらったところ、父が倒れていたという。幸いに命には別状がなく済んだけれど、父の自責の念はかなり強かったのだと思う。その後も精神的に病んでいる言動が目立ったので、心療内科に通わせて治療を受けさせた。

亡くなったのは父の方が早かった。2014(平成26)年8月20日の暑い夏の日だった。母がお世話になっている特別養護老人ホームの職員の方から勤務時間中に私の携帯に電話が入った。今日は父がデイサービスに参加する予定の日なのに、玄関で呼び鈴を鳴らしたけれど反応がないとのことだった。庭に回ってみるとリビングの電灯が点いているようなので……ということで心配されて連絡をいただいたものだった。私は妹にも連絡を取り、会社を早退して埼玉県さいたま市西区指扇の実家に向かった。一足先に実家に到着していた妹から途中で連絡が入り、父はリビングに動けない状態で横たわっていたとのことだった。意識はあるが、体を動かすことができずに横たわっていたという。私も実家に着いて、妹と二人がかりで父を抱き起こし、何とか椅子に坐らせた。手足の一部が動かないようだったので、脳梗塞の発作を疑った。救急車を呼んで近くの西大宮病院に搬送してもらった。父が以前に心不全の発作を起こして心臓のペースメーカーを入れる手術をしてもらった病院だ。夜になってしまい専門医がいないということで、一旦家に帰るように病院から指示を受けた。仕方がないので介護タクシーを呼んでもらい、父を再び実家まで連れて行き、妹と二人で何とかベッドに寝かせた。
父はあまり呂律《ろれつ》が回らない口と身振りとで、私とビールを飲みたそうな仕草をしていたけれど、さすがに脳梗塞が疑われる状況でビールを飲ませるわけにはいかないと思い、父を諭してそのまま寝かせた。今から思えば、その日が父が自宅で過ごした最後の夜であり、最後にビールの一杯くらい父と一緒に飲んであげればよかったと、心から後悔をしている。晩年の父は歯が弱くなり、少しでも硬い物は食べることができなかったため、高級な料理屋に行くことができなかった。それでも何度か、川越にある「いちのや」という老舗のウナギ料理店でウナギを食べたことはあったけれど、普段は指扇駅前の日高屋で二人で日本酒を飲むことが多かった。父がここでいいと言うのでいつも日高屋で日本酒を飲んでいた。ふと、そんなことを懐かしく思い出している。

父は翌日もう一度妹夫妻に連れられて西大宮病院に行った。検査の結果、やはり脳梗塞ということが確認されたためそのまま入院となり、翌年に亡くなるまで、ついに自宅に帰ることはなかった。入院中も、心房細動による脳梗塞の発作を起こし、症状はますます悪化の一途を辿った。口から食べ物を摂ることが不可能となり、点滴だけで命を繋いでいる状態が長く続いた。主治医の先生からは、病院としてはもう治療することは何もないので、早期に退院するようにと急かされた。ちょうど年末年始のタイミングで病院を早く退院しろと言われて、妹と二人で苦慮した。胃瘻《いろう》をすればもう少し長く生きられると言われ、主治医の先生からは胃瘻を勧められたが、妹はそこまでして父を生かしておくのは忍びないと言い、父も意思表示ができれば胃瘻を望むことはしなかっただろうと私も同意して、施設に引き取ってもらってそこで二人で父の死を看取ることにした。つらい決断だったけれど、それが父にとっては最良の道だったと信じている。

自宅の近くの施設に移ってから、妹と私とで交互に看病した。施設に移るときには私が付き添ったが、新しいベッドに移されたときに父が僅《わず》かに意識を取り戻して、何かを言おうとした。私には、「ここはどこだ?」と父が言ったような気がした。妹も私も仕事をしていたから、思うような看病はできなかったけれど、最後の数日間をできる限り父の傍で父と共に過ごした。

年が改まって2015(平成27)年1月1日となった。この日は特に冷え込んでいて、昼から小雪が降る天気になった。「元日の朝晴れて風なし」の天気とは程遠い天気だった。昨日も容体は穏やかだったし、元日くらいはいいかなと思い自宅にいたところ施設から電話があり、ちょっと熱が高いので来てほしいとのことだった。私は妹にも連絡を取り、雪のなかを指扇まで行った。父の部屋に着いてみると、父は昨日と同じように静かに眠っているように見えた。先に妹も駆けつけていて、妙なところで年始の挨拶となった。夕方まで居たけれど特に容体に変化は見られなかったので、また明日の午前中に来ることにして父に別れを告げて施設を後にした。妹から電話があったのは、埼京線から東横線に乗り継いで自由が丘辺りまで戻ってきたときのことだった。あれから父の容体が急変して、父が亡くなったとの連絡が施設からあったのだそうだ。

何ということだ。さっきまで父の傍に居たというのに！

私は愕然とすると同時に、ついに父は亡くなってしまったのかと、しみじみと思った。父は恥ずかしがり屋だったから、敢えて私たちがいる前で逝くことを避けようとしたのかもしれないね、と後で妹と話をした。いかにも父らしい最期だったと言えるかもしれない。自由が丘で東横線を降りて、反対側の電車に乗り換えて再び指扇に向かった。元日の夜だったから、電車の中は人も疎《まば》らだ。これから亡くなった父に会うために電車に乗っている人間は、きっと私だけだったろう。


中目黒駅で地下鉄日比谷線に乗り換えて、恵比寿駅から埼京線に乗って指扇まで行った。指扇からは歩けない距離ではなかったけれど、タクシーを使った。すでに検死も終わっていて診断書が手渡された。元日の夜にも拘らず、施設の責任者の方が出て来られていて、丁重にお悔やみの言葉を伝えられた。父に対しては短い間だったけれどとてもよくしていただいて、施設のみなさんには本当に感謝している。間もなく葬儀社の方が来られて、父の遺体を葬儀場の霊安室に移動させた。あとは葬儀社の仕事になるようだ。葬儀社とは事前に相談もしていたから、こんなタイミングにも拘らずスムーズに対応していただいた。時間も遅いので今日はここまでにして、翌日に式の段取り等について相談することにして、線香をあげた後、葬儀社を後にした。

帰りの電車の中は本当に呆然とした状態だった。いまだに父がこの世にいないということに実感が湧かなくて、まるで夢の中のような感覚だった。この後、葬儀、役所への諸手続き、両親の墓探しなどで忙しく時間が経過していった。葬儀の時間の前に、施設から母を呼んだ。しかし認知症がさらに進んでしまっていた母は、父の死を理解することができず、目の前に横たわっているのが父の亡骸だということもわからず、ただ大きな声で騒いでいるだけだった。そんな最後の対面だったけれど、それが私たちにできる両親への最後の贈り物だったのだ。

母の死は、それから1年後の2016（平成28）年4月6日のことだった。父の奔走で指扇の特別養護老人ホームに入居していた母だったが、父が亡くなった後に施設のベッドで脳梗塞の発作を起こして指扇病院に入院していた。その後、暫くはそのままの状態で入院を続けていたが、桜の花が満開になった4月6日の夕方に、病院から妹に母が危篤との電話が突然入った。妹が駆けつけたときには母は既に息を引き取った後だったという。私も急いで虎ノ門の勤務先から指扇病院に向かい、母の亡骸と無言の対面をした。母が神宮外苑で頭を強打してその後認知症を発症して以来、私の中では母は亡くなったものと思っていた。母の体や意識があっても、私を私として認識してもらえなかったら、やはり母がいると言うのは難しかった。だから、そんな母を見ていることがつらかった。安らかに眠っているような母の死に顔を見て、今度こそ心安らかにと思った。父の葬式からそれほど日が経っていなかったから、父のときとほぼ同じ規模で父のときとほぼ同じように式を執り行い、葬儀は滞りなく終わった。父のときに購入した新宿二丁目の太宗寺の墓に納骨をして、一連の母の葬儀も無事に済んだ。

父も母も、亡くなった当時はそれほど感じなかったけれど、むしろそれからかなりの時間が経過した今の方が喪失感を強く感じている。今にも指扇の田舎道の路地の角から父が歩いて出てきそうな気がするし、何かの折に父や母のことがしきりに思い出されたりもする。そしてしみじみと、あぁ、父も母ももういないのだなと思うと、たまらない寂しさがこみ上げてくることがある。

私は父や母に対しては、父や母よりも先に死ななかったことで、最低限の親孝行はできたと思っている。今から思うと、タッチの差だったかもしれないが、とにかく父や母よりも先に逝かなかったことに安堵している。小学校、中学校、高校、大学といい学校に入っていい成績を残せたことも親孝行だったと思っている。小学校から大学まですべて国公立の学校だったから、経済的な負担も最小限に抑えることができたと思う。

父と母との最後の思い出として、両親を両国国技館の大相撲に招待したことを思い出す。あまりいい席は取れなかったけれど、千秋楽の枡席を予約した。4人の席だから、両親と娘の有紗を連れて行った。両国駅の改札口で両親と待ち合わせた。私も時間より早く着かないと気が済まない性格だが、父と母はそれよりもさらに早く改札口に着いて私たちの到着を待っていた。相当楽しみにしていたのだと思う。母も心なしか浮かれているように見えた。最後の一番まで見て、優勝力士の表彰式を見て、秋葉原の居酒屋で夕食を食べて帰った。こんなに喜んでくれるのなら、もっと早くに招待してあげればよかったと思った。私が最後に親孝行をした記憶である。

今は、最後まで両親の死を看取ることができたことに安堵している。そして、もうすぐ私もその両親の許に行くのだなぁと思っている。父と母が住んでいた指扇の家は、私も妹もすでに自宅を購入しているのでそこに住むつもりはなかった。老朽化していたし、元は沼地だったところを埋め立てた土地のようで、僅かながら傾いてもいた。父と母の夢と思い出とが詰まった家ではあったけれど、私が就職して広島に転居した後に建てた家だから、私自身は住んだことがなかったし特段の愛着があるわけでもなかった。父も母も亡くなった今となっては無人の家となり、このままにしておくのは何かと物騒でもあったので、妹と相談して、売却することにした。不動産屋を通して売りに出したところ、意外にも九州の不動産会社が買い取って、今はその不動産会社が経営するアパートが建っている。庭を潰して元々の建物部分と合わせるとそれなりの面積になって、そこそこの大きさのアパートが建てられていることに驚いている。〉

## 人生を最後まで生き抜く極意

日債銀の破綻、あおぞら銀行の外国人幹部との関係、ゆうちょ銀行でのパワハラ上司などとの関係で、豊島君はかなりストレスを感じたはずだ。ストレスや不安は心の中から強引に追い出そうとしてはいけない。無理をした分、さらに大きなストレスや不安が、後になって必ず襲いかかってくる。むしろ、ストレスや不安とは、心の中でうまくつきあいながら、バランスよく折り合いをつけていくように考えたほうがうまくいく。豊島君も、ストレスとうまくつきあいながら、巧みに発散させる技法を知らず知らずのうちに身につけていた。この点について、豊島君が書いた手記は以下の通りだ。

〈会社勤めをする身には様々なプレッシャーがかかるし、人間関係もとても難しい。ともするとそういうプレッシャーや人間関係に潰されそうになることがある。このことは会社勤めの身に限らず、人間が生きていくうえでは多かれ少なかれ必ず存在する障壁であるかもしれない。精神も身体も、一度壊れてしまうと回復させることがとても難しくなる。できることなら壊れる前に、壊れないように自分で自分のことを守りたい。

私はあまり強い人間ではないので、そのようなプレッシャーや人間関係に対しても非常に弱いものと自覚している。そんな私が60歳を目前とする歳になるまで何とか潰れずに生きてくることができたのは、仕事以外に打ち込めるものをいくつか持っていたからだろうと思っている。私の性格は、熱しやすく冷めにくい。想う人ができるとすぐに夢中になってしまうし、一度想った人のことはそう簡単に忘れることができない。趣味の世界でもいろいろなことに興味を持ち、一度興味を持ったことについてはなかなか興味が離れていかない。前の趣味が冷めやらないうちに次のことに興味を抱いていくので、趣味がどんどんと重なっていく。だから私は、そういった趣味の世界に多くの時間を費やすために、自分の時間を大切にして生きてき

た。それが私にとって一番のストレス発散の方法でもあった。〉

最後に豊島君に、人生のこれまでの経験から、生きていく上でとくに重要と思う事柄を8項目に整理してもらった。

〈**1. こんなもんだと思うこと**

仕事が厳しいのは当たり前なので、最初から「こんなもんだ」と思っていると、覚悟ができるし肚も据わる。大変だとは思っても、さほど苦しいとは思わなくなる。

**2. 仕事以外に自分の生きる目標を作る。好きなこと、やりたいことを見つけること**

仕事は大変だけど、そこから逃げてはいけない。逃げられないからこそ、仕事以外で自分の世界を作っておく。家族でもいいし、趣味でもいいし、スポーツでもいい。仕事を離れて自分の世界を持つこと。そこで思いっきりストレスを発散すること。

**3. いい経験をしていると思うこと**

どんなときでも、自分が置かれた環境を楽しむくらいの心の余裕があるといい。だが、なかなかその境地まで行くのは難しい。反対に、異常な環境でメンタルを傷めることになるのは避けなければならず、本当に危険な状態とそうではない状態を見極めることが重要。

**4．人的ネットワークを作ること**

人とのつながりは大事。困ったとき、悩んだときに親身になって相談に乗ってくれる友人を何人持っているかが、その人の本当の財産。

**5．目標となる人を作ること**

仕事をしていく上では、嫌な人も（たくさん）いるけれど、必ず尊敬できる上司や先輩がいる。自分もそういう人になれるようにと努力する。

**6．チャレンジ精神をもつこと**

必ず達成できることを実行するのはチャレンジとは言わない。出来るかどうかわからないことをやってみるのが、チャレンジだと思う。だから、自分が納得できる理由があれば、失敗してもいい。出来るかどうかわからないことをやってみるというその行為が、とても大切。

**7．自分の座標軸を見失わないこと**

自分の座標軸って何かと聞かれると即座に言葉では答えられないのだけれど、これだけは譲れないものがきっと一人一人の心の中にはあるはず。その軸から今の自分が外れていないかどうか、を常に意識しておくと自分を見失わずにすむ。

## 8. 一喜一憂しないこと

人生は山あり谷あり。小さなことで一喜一憂しない。滝壺に落ちた水の流れはどこかで必ず上昇する流れになる。流れの変化を待つことも大事かもしれない。〉

ここに記された8つの価値観を私も共有している。

著者略歴

**佐藤 優（さとう・まさる）**

1960年東京都生まれ。作家、元外務省主任分析官。1985年、同志社大学大学院神学研究科修了後、外務省入省。在ロシア日本国大使館勤務などを経て、本省国際情報局分析第一課に配属。主任分析官として対ロシア外交の分野で活躍した。2005年に著した『国家の罠―外務省のラスプーチンと呼ばれて』で鮮烈なデビューを飾り、翌2006年の『自壊する帝国』（いずれも新潮社）で大宅壮一ノンフィクション賞、新潮ドキュメント賞を受賞。『獄中記』（岩波現代文庫）、『私のマルクス』（文春文庫）、『先生と私』（幻冬舎文庫）、『牙を研げ―会社を生き抜くための教養』（講談社現代新書）ほか著書多数。

執筆協力者略歴

**豊島昭彦（とよしま・あきひこ）**

1959年東京都生まれ。1982年、一橋大学法学部卒業後、日本債券信用銀行（現・あおぞら銀行）に入行。広島支店、資金証券部、総合システム部などを経て、2008年にあおぞら銀行ＩＴコントロール部長、2011年に危機管理室長。2012年に、ゆうちょ銀行に転職。2018年、日本公認会計士協会に再転職の直後、膵臓癌であることが発覚、現在も闘病中。作家としても活動中で、著書に『湖北残照 歴史篇』『湖北残照 文化篇』『井伊直弼と黒船物語』（いずれもサンライズ出版）、『夢のまた夢―小説 豊国廟考』（Ｋ＆Ｋプレス）がある。

N.D.C.916 270p 20cm
ISBN978-4-06-515111-2

友情《ゆうじょう》について　僕《ぼく》と豊島昭彦君《とよしまあきひこくん》の44年《ねん》

二〇一九年四月二二日　第一刷発行

著者　佐藤優《さとうまさる》　
発行者　渡瀬昌彦
発行所　株式会社講談社
東京都文京区音羽二丁目一二－二一
郵便番号一一二－八〇〇一
電話　〇三－五三九五－三五二一　編集（現代新書）
〇三－五三九五－四四一五　販売
〇三－五三九五－三六一五　業務
装幀者　MARBLE
印刷所　豊国印刷株式会社
製本所　大口製本株式会社